祖父とあゆむヒロシマ

今は言える、自由に。

愛葉由依
Yui Aiba

風媒社

旅の前に

これから出発する旅のなかでは、「広島」と「ヒロシマ」という2種類の表記を用いる。漢字で表した「広島」は、地理的な場所を指す。つまり、日本地図に載っている広島である。一方で、カタカナで表した「ヒロシマ」は、広島というひとつの場所に限定しない。この旅が広島以外の場所からはじまるように、広島以外の場所であっても、それぞれが原爆をめぐって想起したり対話したりすることで、それらに関する体験や記憶、人々の思い、生き方をたどり、感じ、考えることは可能である。そして、広島への原爆投下というひとつの出来事から、さまざまな体験、記憶、思いへと広がりを見せていく。これらを包含するものとして、カタカナの「ヒロシマ」を用いる。

旅のなかば、ひとつの新聞記事が縁となり、私はある放送局から取材を受けることとなった。それは、ラジオでも放送された。それらの経験についても、この旅の一部として書き留めることをあらかじめ断っておく。

「祖父とあゆむヒロシマ」●目次

プロローグ

夢

2015年8月11日午前10時。


「昨日になってから、ぼぉっと、助けとるとこの夢を見て、びくっと起きた」

「そんな夢を見たんだ」

「うん」

「どんな夢だったの？」

「助けとるとこの夢だった。ぐぁあああって持ちかかって、ほんでぽっと目覚めちゃって、消えちゃった。今まで、そんな夢なんて見たことない」

「やっぱり広島に行ってきたから？」

「うん。だで、みんな話さんの。夢に出てきたり、いろいろあるで。うん。思い出して、出るで、嫌だでってな」

私が思わず息を呑んだ瞬間……。広島に原爆が投下された翌日、祖父は爆心地に入り海軍の衛生兵として救護活動にあたった。祖父はそれから70年経って初めて救護活動の際の夢を見たことを私に打ち明けた。

祖父がその夢を見たのは、私と母の三世代で広島に訪れた翌日の夜。

このひとつの夢が祖父と私をより深い対話へと導いていく。

ようやく立てた出発点

まさか！　私の見間違い？　教授の採点ミス？

思わず見返す。何度見ても同じ点数。

私は、大学3年生のときに受けたある講義の中間試験で救いようもない点数をとった。英語での講義、英語での論述試験であることを言い訳にできるようなものでもなかった。

その講義は、ロベルト・ユンクと原爆について。オーストリアから来たジャーナリスト、ユーディット・ブランドナーさんが客員教授を務めていた。ロベルト・ユンク、私にとってはじめて聞く名前だった。彼は、ドイツ出身のジャーナリスト・作家で、１９５７年にはじめて広島を訪れ、被爆後の状況を取材している。そして１９６１年にその惨状を伝えるために『Children of the Ashes : The People of Hiroshima, the Story of a Rebirth』を出版。同年、『灰墟の光 甦えるヒロシマ』というタイトルで日本語の翻訳が出ている。

講義中、ユンクの著書を読んでみるようユーディットさんがすすめた。もともと本を読むことがあまり好きではなかった私が、すぐに行動に移すことはなかった。結局、『灰墟の光 甦えるヒロシマ』を手に取ったのは、救いようもない点数をとったあとのこと。それも、講義の課題のためという必要にせまられて。その本は、今は絶版になっており、簡単に手に入るものではなかった。

図書館で尋ねると奥の書庫から司書さんが出してきてくれた。そっとページをめくらなければ破れてしまいそうなくらい年季が入った本だった。被爆後の惨状を描く生々しい記述。大学生の私であっても、到底、真正面から向き合えるような内容ではなかった。

祖父が広島で被爆していることは知っていた。私の記憶では、小学生くらいの頃から、祖父から原爆関係の写真や資料を見せてもらうことはあった。具体的なことは覚えていないが、詳細まで語ることはなかったものの、祖父自身が経験した原爆や戦争について私に伝えようとしてくれていた記憶はある。しかし、小学生だった私には、あまりにも痛ましく直視できないものばかりだった。こわい、見たくないという一心から、だんだん拒絶してしまっていた。

私が知っていたのは、原爆が投下された日付、原爆を投下した飛行機の名前、その当時のアメリカ大統領、広島・長崎以外で候補に挙がっていた場所、そんな程度だった。たったそれだけの知識で、十分に知っていると思い込んでいた。高をくくっていた私に、ユーディットさんが納得するような答えを書くことができるわけがなかった。身内にも関係する出来事でありながら、あまりにも無知な自分を思い知らされた。

このとき課された救済レポート。原爆関係の文献を読んでレポートを書くか、戦争の資料館に行ってレポートを書くかの二択だった。しかし、私は与えられたテーマさえ無視していた。祖父に話を聞いてみよう。あまりにも自由すぎたかもしれない。それでも、ユーディットさんは私のレポートを目に留めてくれた。この救済レポートがきっかけで、初めて自ら祖父に被爆体験を聞くこととなった。

いつ？　どこで？　どんな状況で？

私が発したのはとても初歩的な質問ばかり。それでも大きな大きな第一歩となった。このときは、これがのちの私の人生に大きな影響を与えることになるとは、まるで思っていなかった。

35歳の未来の私

「今から何年後かの自分を設定してみて」

大学4年生の4月、卒業論文のテーマを決めるときにゼミの指導教官から言われた言葉。1年間取り組む卒業論文。今の自分にとっても、自分が設定した何年後かの自分にとっても大切だと思えるものをテーマに選んでほしい、そんな指導教官の思いが伝えられた。

「35歳」

当時の私はそう答えた。

「30歳でもなく、40歳でもなく、どうして35歳にしたの？」

と指導教官。

私にとっては、自分のまわりの環境や家族の形が変わっているかもしれない、そう考える年齢だった。仕事もしているだろう、結婚もしているかもしれない、子どももいてほしい。

私が35歳になるときには、祖父は102歳。そのとき、祖父としっかりした話ができるだろうか…？

ずっと避けてきたけど、ユーディットさんの講義を機に、心にひっかかるようになっていたこと。そして、どこかのタイミングで向き合いたかったこと。今ならまだ間に合う。このテーマしかない。次に指導教官から与えられた、「35歳の自分から見ても大切だと思えるテーマを三つ考えてきてほしい」という課題。それに対する答えはすでに決まっていた。

「このテーマでやりたいです」

迷うことなく、広島で被爆した祖父のライフヒストリーにテーマは決まった。

歴史的真偽ではなく、祖父が自己の物語を語るということに重点を置くことにした。

こうして、祖父と私のヒロシマを巡る旅が幕を開けることになった。

祖父の生い立ち

名古屋で生まれ、名古屋で育つ

祖父は現在92歳。1926年（大正15年）生まれ。名古屋生まれの名古屋育ち。祖父は兄弟もたくさんいる。12人兄弟の三男として育った。1933年、祖父が6歳のとき、名古屋市立高蔵尋常小学校に入学し、12歳で卒業すると、その後は、名古屋第一工業学校機械科へ入学した。通常は、現在の中学校にあたる尋常高等学校に入学する場合が多いが、戦時中であったため、工業学校に入学することを選ぶ人が増えたそうである。

当時は、日本軍が、予備役等を召集するにあたり、十分な人的戦力を維持するために、入隊前の段階で国民全体を教育することを試みていた。文部省とも連携を図り、未入隊の国民に対し、青年訓練所や青年学校等において軍事教練を行わせたり、各学校に将校を配属し、軍事教練を担当させたりした。軍事教練は1925年に出された陸軍現役将校学校配属令に基づいており、1926年に青年の心身を鍛錬し、国民としての資質を向上させることを目的とする青年訓練所が設置されると、旧制中学校以上の教育機関で一般青年に対しても行われるようになったものである（『徴兵制』）。こうして教育現場においても、軍事色がよりいっそう強まっていった。そのため、祖父が学校に通っていた頃は、私のような世代が頭に思い浮かべるような通常の勉強はほとんどなく、軍事のことが大半を占めていた。体育の授業が多く、その中で軍隊鉄砲をかついで歩く練習や、軍隊鉄砲を撃つ練習を行っていた。

祖父の実家は、家業として戸棚をつくる木工業を営んでいた。もともとは一般的な戸棚をつくる木工場だったが、徐々に戦争との関わりが強くなっていった。１９３１年に満州事変が勃発し、戦時色が強まると、35～36年頃には、木の板を鉄釘を使わずに指し合わせて家具などをつくる指物工場から軍事に必要なものをつくる軍需工場へと変わった。木工場は国から指定された軍需工場となり、37年頃から、鉄砲（高射砲、手榴弾）の弾を入れる木箱を製造し、陸軍省のさまざまな軍需工場へ納めていた。のちに、水中を航走し敵艦船を爆破する魚形水雷を入れる木箱も製造するようになった。戦時中の軍需工場は景気が良かった。１９４２年、祖父は15歳で名古屋第一工業学校を卒業すると、家業の木工場で働き始めた。

徴兵検査と軍隊生活

現代の日本には存在しない制度、徴兵制。１８７３年に徴兵令が制定され、幾度かの改正が行われたが、１９２７年になると新たに兵役法が制定された。兵役法では、日本国籍を有する満20歳以上の男子全員が兵役義務を負うことになっていた。現代でいうと成人をむかえた男性を対象に徴兵検査を実施し、合格すると2年間の兵役義務を負うことになっていた。徴兵検査では、身長、体重、胸囲、視力、聴力、鼻腔、関節運動検査、言語及び精神検査、一般構造検査、各部検査などが行われ、その結果によって甲種、第一乙種、第二乙種、丙種、丁種、戊種の6段階に分けられた。この6段階の判定をもとに、現役や予備役などといった兵の役種区分

1945年7月8日撮影、大竹海兵団兵舎前にて。大竹海兵団と安浦海兵団の衛生兵31名。前から2列目の左端が祖父

が決まった。

その後、兵役法も改正が繰り返され、人員補充が必要になってきた42年には、勅令によっていつでも徴兵適齢の切り下げが行えるようになった。そして、43年末には徴兵適齢の1年切り下げが行われ、44年に満20歳と満19歳の2年分の徴兵が行われた。さらに45年になると、本土決戦に備え、軍は新たに多くの新兵力を装備しなければならなかった。1月の兵役法の改正により、満18歳と満17歳の男子、徴集延期の者が軍隊への召致の対象となった（『徴兵制』『徴兵制と近代日本』）。祖父はこの兵役法改正によって、45年1月満18歳のときに、名古屋市中川区の八熊小学校の教室で徴兵検査を受けた。憲兵隊が見張るなか、裸になって身長、体重、性器、眼の検査等を受け、第一乙種に分類された。特に健康で標準的な体格であると甲種に分類されるが、祖父は近視が理由で、第一乙種に分類されたのだろうと語っている。45年2月の暮れには、令状により、広島の大竹海兵団への配属が決まり、3月、笹島駅から大竹駅へ汽車で向かった。兵隊に行くときは通常は出

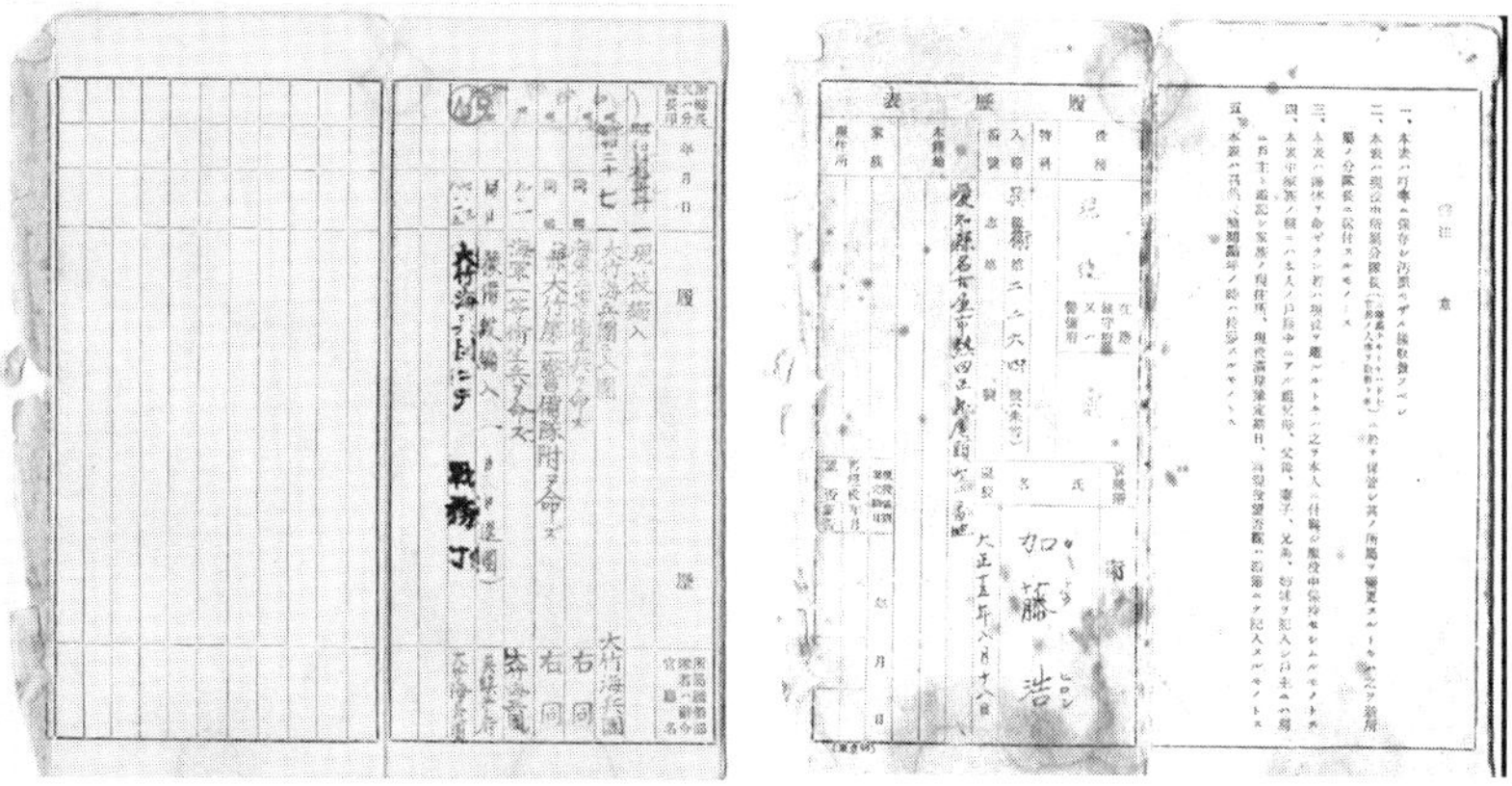

祖父の軍隊手帳

征祝いをするが、祖父が入隊するときはそのような余裕がなかったため、出征祝いをすることもなく父親が見送ってくれただけだった。

祖父が配属されることになった大竹海兵団。おそらく初めてその名を聞く人が多いだろう。もしかしたら『この世界の片隅に』という漫画を読んだり映画を観て、記憶にある人もいるかもしれない。大竹海兵団は、１９４１年11月に広島県の大竹町に発足した。39年以降大量の兵員養成が必要となると、翌40年12月に呉鎮守府の管下に属する新兵の教育機関として呉海兵団大竹分団が開設された。これが大竹海兵団の母体である。大竹海兵団は、１５２ヘクタールにもなる広大な敷地を有していた。そこには、本館、兵舎、講堂、亭炊所、浴場、機関工場、身体検査場、弓道場、格納庫、病舎、プール、砲台、防火池、冷却水槽などが建てられていた。大竹海兵団発足時の兵員は約３０００人だったが、43年以降は７０００人から８０００人にものぼった。大竹海兵団では、新兵教育の３ヶ月間（平時は６ヶ月間だった）、学科に加え、射撃、カッター（約14人乗りの手漕ぎ船）、砲術、銃剣術などの基礎訓練や野外演習などを行っていた（『大竹市史』本編第二巻）。

大竹海兵団での生活は、訓練、訓練の日々であった。「送員５

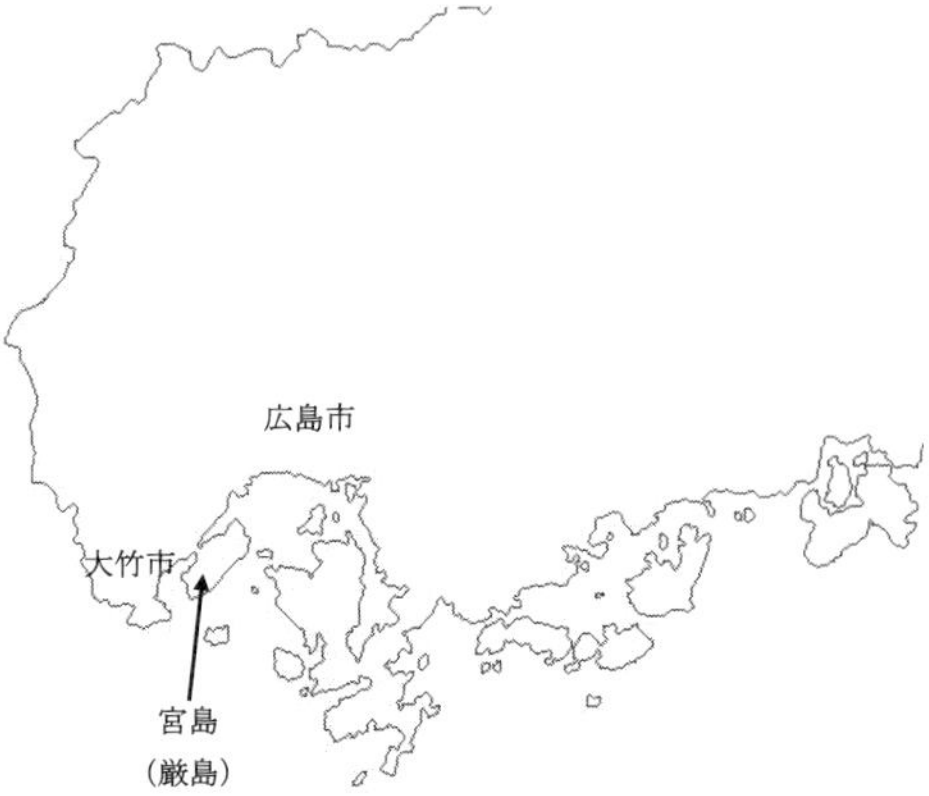

分前！」という号令とともに朝5時に起床し、7時半頃に朝食をとると、食事の時間を除いて、ほぼ1日中訓練をしていた。訓練の内容は、カッターを漕ぐ練習、旗を持った両手の動作により遠くにいる相手に連絡を行う手旗信号の練習、戦車の履帯を爆破するために１４０cm程度の深さの蛸壺を掘り爆薬を持って待ち構える練習、ほふく前進の練習、ロープを結ぶ練習などであった。

　連帯責任が基本の軍隊では、誰かひとりでも悪い行いをすると、廊下に並んでいる〝軍人精神注入棒〟という樫の棒で殴られた。何かを行う際にはある決まった言葉があり、食事の際には「親の恩を忘れるな」という食膳の言葉があった。トイレに行く際には、必ず「かわやに行きます」と言ってから行かなければならなかった。軍隊内では敬礼は絶対であり、目上の人へのあいさつなど、すべてのことを敬礼で表していた。朝と晩に、国旗と海軍旗を掲揚するとともに、必ず敬礼を行っていた。21時頃に号令により就寝するが、盗みなどの悪い行いをする者がいると、ラッパで起こされるため、ぐっすり眠ることができる日は少なかった。入浴は1週間に2回程度で、両手の人差し指を出してお湯の中を歩かなければならず、身体を洗うこともできなかった。この両手の人差し指を出す姿は潜望鏡を模倣しており、身体を洗っていないことを監視しやすくするためだという。

　当時の広島県大竹町にあったこの大竹海兵団で、45年3月頃から祖父は水兵としての新兵教育を受けていたが、45年7月頃に衛生兵に転科した。衛生兵とは、救急救命と衛生管理を担い、応急処置や重傷者の後送をすることになっていた。
なぜ祖父は水兵から衛生兵に転科したのだろうか。眼鏡をかけていたから水兵には向いていないということになったのだろうと祖父は言うが、そのところはよくわからない。

原爆投下と救護活動

今から約80年前、1938年にドイツで核分裂反応が発見された。これを受けてアメリカは、42年に原子爆弾を開発する「マンハッタン計画」をはじめたが、原爆完成前の45年5月にドイツが降伏すると、目標を日本に変更した。原爆投下の理由としては早期終戦のためや、「マンハッタン計画」を誇示するためなどさまざまな説がある。

1945年8月6日午前8時15分、気温が高く快晴だった広島に、人類史上初めての原爆が投下された。広島に原爆が投下された3日後の8月9日午前11時2分、長崎に第二の原爆が投下された。

地上約600メートルの上空で原爆が炸裂したときにできた火球は、最大直径約280メートルの大きさで、爆心地周辺の地表面の温度が摂氏3000~4000度にも達するほどの強烈な熱線を放射した。爆発の瞬間、衝撃波が発生し、強烈な爆風により人々は吹き飛ばされたり、倒壊した建物の下敷きになったりした。

原爆は通常の爆弾と違い大量の放射線を放出し、長時間にわたって残留放射線が地上に残った。この放射線は、人体の奥深くまで入り込み、細胞を破壊し、血液を変質させるだけでなく、骨髄などの造血機能、肺や肝臓等の内臓への深刻な障害を引き起こした。原爆投下時に爆心地付近にいた人々だけでなく、原爆投下後に家族や友人などの救護活動のため爆心地付近に入った人々へも影響を与えた。被爆の急性障害としては、吐き気、食欲不振、下痢、頭痛、不眠、脱毛、倦怠感、吐血、血尿、血便、皮膚の出血斑点、発熱、口内炎、白血球・赤血球の減少、月経異常などがあったが、放射線の影響による障害は被爆後も長く続いた。

広島市によると、原爆投下時の8月6日の広島には、住民、軍関係者、周辺町村から建物疎開作業に動員された人々、朝鮮、台湾、中国大陸出身の人々、強制的に徴用された人々を含め約35万人がおり、12月末までに原爆の熱線や爆風、放射線によって約14万人が亡くなったと推計されている。[*1] また長崎市では、原爆投下時の8月9日時点の長崎の人口は約24万人で、12月末までに約7万人が亡くなり、同じく約7万人が負傷したと推計されている。[*2]

原爆が広島に投下された8月6日は、祖父は大竹海兵団の練兵場で朝礼をしているところだった。突然の爆風と大きな揺れに尻もちをついたという。爆心地から約30キロ離れていても、ものすごい爆風と揺れだった。祖父は、遠くの空にきのこ雲が浮かぶのを見た。

翌7日、広島市内で救護活動を行うとの号令がかかり、祖父たちは広島市内へ向かった。広島市内へ入った後は、班長による命令で個々に配置され、各自で救護活動と遺体処理を行った。遺体を集めて置いておく場所が指示され、学校の運動場などさまざまな場所で散乱した木材を焚き木にし、油をまいて遺体を火葬にした。祖父は8月7日から11日までの5日間、広島市内で救護活動、遺体処理を行い、このときに被爆している。この5日間は、大竹海兵団の兵舎へ帰ることはもちろん、顔を洗ったり歯を磨くこともできず、露営で過ごしたという。幸いにも、食事や水は大竹海兵団からの支給があり、一度に二つほどのおにぎりを三食食べることができた。

祖父が言うには、終戦のしばらく前から戦況の悪化にともない、大竹町にあった大竹海兵団の兵舎をより安全な場所へ移すため、宮島に再建させたそうだ。そのため祖父は終戦を宮島で迎えている。祖父の記憶によると、兵舎の疎開先はおそらく宮島の南西部、山白浜あたりだと思われるが、はっきりした場所はわかっていない。

8月15日正午、昭和天皇が終戦を告げる「玉音放送」がラジオに流れた。多くの人がそのラジオで終戦を知ることになったが、祖父の場合は、海兵団内の伝達で終戦を知った。祖父は、終戦の知らせを聞き、「やれやれ、これで帰れるわ」と思ったという。戦争が終わったことで、背負っていたすべての任務や責任から解放され、安堵に包まれたのだろう。

日本軍は連合国軍に対し無条件降伏すると、マッカーサー米軍元帥が最高司令官を務めた連合国軍総司令部(GHQ)の命令で全軍事力が解体された。その後9月に祖父は腰掛けもない貨物列車に乗り込み、一日立ったままやっとの思いで名古屋へ帰還した。それでも列車に屋根があるだけ幸いだったという。無蓋車という屋根のない列車もあり、それに乗ることになると顔も身体も煙で真っ黒になってしまうからだ。

今では、新幹線を使えば、広島から名古屋まで約2時間半で行くことができるが、当時はそんな程度ではない。8月15日に終戦を迎えているが、祖父がこのようにして帰って来ることができたのは9月のことである。戦争が終わっても、ほっと息をつけるような状況ではなかった。

名古屋へ帰還すると、45年3月に空襲で燃えてしまった工場を5年ほどかけて再建させた。工場再建までの間は、がれきを片づけ、畑を耕し、大根、きゅうり、かぼちゃ、麦を栽培していた。工場再建後は、木製貨物車、冷凍庫の枠組み、航空機の外観、パチンコ台の枠、スマートボールの枠、自動車のブレーキドラムを入れる木箱など、時代の流れに合わせさまざまな木工品を製造した。50年に朝鮮戦争が勃発すると、再び軍需工場となり、景気は好調であった。祖父は入隊中を除いて、60歳手前になるまでずっと家業に従事していた。だから職人気質が身体に染みついていた。

結婚と被爆者健康手帳の取得

祖父は1957年3月に祖母とお見合い結婚をした。結婚の際も、その後も、祖父は家族に被爆体験について多くは語らなかったらしい。体調が優れない時期もあったが2人の子宝にも恵まれた。その1人が私の母である。

日本で暮らしていれば、誰でも耳にしたことがあるだろう「被爆者」という言葉。2016年のオバマ前アメリカ大統領の広島訪問、2017年に国連で行われた核兵器禁止条約制定交渉会議、ICAN（2007年にオーストラリアで発足した核兵器を禁止し廃絶するために活動するNGOの団体）のノーベル平和賞受賞などと相まって、近年あらためて注目されている言葉である。

厚生労働省によると「被爆者援護法」[*3]に定める「被爆者」とは、1945年8月に広島市と長崎市に投下された原子爆弾によって被害を受け、①直接被爆者②入市者③救護、死体処理にあたった方等④胎児に該当し、被爆者健康手帳を所持している方々を指す。

①直接被爆者とは、原子爆弾が投下された際、広島においては当時の地名で、広島市内、安佐郡祇園町、安芸郡戸坂村のうち狐爪木、安芸郡中山村のうち中・落久保・北平原・西平原・寄田、安芸郡府中町のうち茂陰北、長崎においては当時の地名で長崎市内、西彼杵郡福田村のうち大浦郷・小浦郷・本村郷・小江郷・小江原郷、西彼杵郡長与村のうち高田郷・吉無田郷で直接被爆した方であり、[*4]②入市者とは、「原子爆弾が投下されてから2週間以内に、救援活動、医療活動、親族探し等のために、広島市内または長崎市内（爆心地から約2km

の区域内）に立ち入った方」[*5]であり、③救護、死体処理にあたった方等とは「原子爆弾が投下された際、又はその後において、被災者の救護、死体の処理を行い身体に原子爆弾の放射能の影響を受けるような事情の下にあった方であり[※6]、④胎児とは、「上記の①から③に該当した方の胎児であった方。長崎にあっては、昭和21年6月3日まで、広島にあっては、昭和21年5月31日までに生まれたかた」[*7]である。

各都道府県に申請の上、これらのいずれかに該当すると認められると、被爆者健康手帳が交付されることになっている。被爆者健康手帳を所持している人は、病気やけがの際に、都道府県知事が指定した医療機関等に健康保険の被保険者証とともに被爆者健康手帳を提示することで、無料で診察、治療、投薬、入院等を受けることができる。

２０１８年３月末における日本在住の被爆者数は15万４８５９人で（厚労省）、①直接被爆者にあたる1号被爆者が９万６３６５人、②入市者にあたる2号被爆者が３万４２５７人、③救護、死体処理にあたった方等にあたる3号被爆者が1万７１７６人、④胎児にあたる4号被爆者が７０６１人となっている。[*8]

「被爆者」と聞くと、まず広島・長崎を思い浮かべる人が多いだろう。私もそのひとりであったが、厚生労働省による定義に該当する被爆者は、広島・長崎のみならずさまざまな地域で暮らしている。私の住む愛知県でいうと、２０１８年3月末において１９５７人の被爆者が生活している。[*9]全国的に見ると10番目に多い地域だ。愛知県で暮らしている被爆者は、徴兵や従軍看護婦などで一時的に広島・長崎に移り住み被爆後に愛知県に戻って来た人々、広島・長崎出身で被爆後、集団就職など仕事を求めて製造業が盛んな愛知県に移り住んだ人々、差別から逃れるために愛知県に移り住んだ人々、結婚を機に愛知県に移り住んだ人々、親戚を頼りに愛知県に移り住んだ人々などさまざまである。さらに、当時広島・長崎で被爆した人びとの中には朝鮮出身者やアメリカ兵、日系人などもいる。[*10]

終戦から70年以上が経過し、被爆者の平均年齢も年々高くなっている。２０１８年3月時点で、被爆者の平均年齢は82・06歳で[*11]、年間約1万人弱減少している。また実際には被爆をしていても、被爆した事実を証明することが困難な事情があったり、自ら「被爆者」という枠組みに入ることを望まないなどの事情で、「被爆者健康手帳」を取得しない人々もいる。

祖父は愛知県で「手帳」の申請手続きを行った。徴兵されて広島の海軍に所属していたため、原爆投下時の本籍は愛知県のままだった。そのため申請手続きの担当者から、広島で被爆したことを証明する保証人が2人必要だと言われた。しかし祖父は誰一人の連絡先も知らなかった。軍隊生活が短かったためだろう。保証人を2人見つけることは、到底不可能と思われた。終戦が告げられ名古屋へ帰還する際、「軍隊手帳」を燃やすよう命令されていた。しかし、祖父は内緒で脛《すね》を覆うゲートルの中に巻いて持ち帰っていた。偶然にもその「軍隊手帳」が、祖父が広島にいたことの証明になった。１９５７年9月1日、やっとのことで祖父は入市者として認められ、「被爆者健康手帳」を取得した。

初孫との出会い

終戦から50年近くが経ち、豊かで平和な生活が当たり前になった１９９３年、父と祖母が立ち会う中で私は生まれた。「自然分娩がしたい」という母のこだわりだった。生まれてすぐ祖母が自宅に電話をかけると、祖父も駆けつけた。初孫だった。おそるおそる私を抱く祖父の姿が写真に残っている。

二世帯同居で暮らしていた私にとって、祖父と祖母は幼いころからの遊び相手であり、ときには話し相手でもあった。私が生まれてから現在まで、私たちはほんとうに何気ない日常を過ごしてきた。

注

＊1 広島市「死者数について」http：//www.city.hiroshima.lg.jp/www/contents/1111638957650/index.html，２０１７年12月28日閲覧

＊2 長崎市「原爆による被害」http：//nagasakipeace.jp/japanese/kids/higai.html，２０１７年12月28日閲覧

＊3 １９９４年に、「原子爆弾被爆者の医療等に関する法律」（原爆医療法）と「原子爆弾被爆者に対する特別措置に関する法律」（原爆特別措置法）を一本化する形で制定された「原子爆弾被爆者に対する援護に関する法律」

＊4 厚生労働省「被爆者とは」http：//www.mhlw.go.jp/stf/seisakunitsuite/bunya/kenkou_iryou/kenkou/genbaku/genbaku09/01.html，２０１７年12月13日閲覧

＊5 厚生労働省「被爆者とは」http：//www.mhlw.go.jp/stf/seisakunitsuite/bunya/kenkou_iryou/kenkou/genbaku/genbaku09/01.html，２０１７年12月13日閲覧 より引用

＊6 厚生労働省「被爆者とは」http：//www.mhlw.go.jp/stf/seisakunitsuite/bunya/kenkou_iryou/kenkou/genbaku/genbaku09/01.html，２０１７年12月13日閲覧

＊7 厚生労働省「被爆者とは」http：//www.mhlw.go.jp/stf/seisakunitsuite/bunya/kenkou_iryou/kenkou/genbaku/genbaku09/01.html，２０１７年12月13日閲覧 より引用

＊8 厚生労働省「被爆者数（被爆種別・都道府県市別）・平均年齢」https://www.mhlw.go.jp/stf/seisakunitsuite/bunya/0000049130.html，２０１８年7月29日閲覧

＊9 厚生労働省「被爆者数（被爆種別・都道府県市別）・平均年齢」https://www.mhlw.go.jp/stf/seisakunitsuite/bunya/0000049130.html，２０１８年7月29日閲覧

＊10 厚生労働省「在外被爆者援護対策の概要」

http：//www.mhlw.go.jp/stf/seisakunitsuite/bunya/kenkou_iryou/kenkou/genbaku/genbaku09/16.html，２０１７年12月13日閲覧

＊11　厚生労働省「被爆者数（被爆種別・都道府県市別）・平均年齢」https://www.mhlw.go.jp/stf/seisakunitsuite/bunya/0000049130.html，２０１８年7月29日閲覧

ヒロシマを巡る旅Ⅰ　２０１５年の祖父と私の対話から

連帯責任を恐れ、互いに監視した日々――「いかに苦しいとこかと思うわ」

「一緒に広島に行きたい」

私のこのたった一言ではじまった２０１５年のヒロシマを巡る旅。私にとっては、これが初めての広島訪問ではなかった。中学3年生のとき、私が暮らす市の事業の一環で中学校の代表として8月6日に行われる平和記念式典に参加した。しかし、そのときは祖父と広島を深く結びつけて考えてはいなかった。今回は祖父と一緒に行く初めての広島であった。祖父の娘である私の母も同行した。

戦後になって祖父が広島に行くのも、これが初めてではなかった。祖母との旅行の際に、広島に立ち寄ったこともあったという。しかし過去に過ごした場所をたどり、それらの場所で当時のことを祖父が話すのは、やはり今回が初めてだった。

２０１５年8月8日、名古屋から新幹線で広島へ向かう途中、私が「70年前の今日は、広島にいたんだね」と語りかけると、祖父は落ち着いた様子で軍隊での訓練について語りだした。

「戦争がいろいろ変わってくるもんだで、訓練もどんどんどんどん変わってくるんやで。それを全部覚え

なかんのやで。ほんでもう最後は肉弾で、身体で行く戦争だで。蛸壺掘って、中におって、ソビエトが戦車で攻めて来るで、履帯へ（向かって）人間ぐるめ〔ごと〕爆薬持ってそこへ行くの。飛び込むの。そういう練習もちゃんとしたんやで。だで海軍たって海ばっかじゃないんだ、陸のことから全部覚えるんだで。自分の兵科の衛生兵も、包帯巻くことも全部覚えなかんのだで。そういう訓練や。鉄砲を撃つ訓練やらなにから全部やらなかん、覚えなかんのやで。暇があれば船は漕がなかんし、カッターを漕がなかん。競争だぞ。負けたらひでえ目に遭うんだぞ。殴られづめだ。精神棒ってな、精神を入れ替えないかんで、この棒で殴って…、そういう罰則だで」

蛸壺に履帯に精神棒。今では聞きなれない言葉ばかり。蛸壺とは、戦場において兵隊がひとり身を隠すために掘る穴のこと。履帯とはキャタピラーのことで、帯状に繋がれた銅板が戦車の複数の車輪を取り巻くように取り付けられた車両用走行装置である。車輪より接地面積が大きく悪路での走行を可能にする。そして「精神棒」とは正式には「軍人精神注入棒」と言い、木製のバットのような形をしたものでおもに海軍で用いられていたらしい。祖父の語りにはこうした軍隊用語がよく出てくる。

祖父の使う「覚える」という言葉は「勉強する」という意味合いが強い。軍隊での活動は、祖父にとっては、訓練であると同時に勉強でもあった。戦争を経験していない私たちが勉強するというと、たいてい学校で習うような学問を思い浮かべるだろうが、当時は、軍隊で習うこと、学ぶこと、競争すること、叱られること、殴られること、責任を負うことすべてが、祖父にとっては、こなさなければならない勉強であったのだ。祖父の軍隊生活は半年程度だったが、軍隊での訓練は青春を捧げたもののひとつであった。

そして祖父は、「いかに苦しいとこかと思うわ」と振り返った。

「兵舎つくったとこに、自分とら〔たち〕の班が40人おるで、そこん中で、ひとりずつ門番が立たないかんの、朝まで」

「ひとりで一晩中？」

「おお。一晩ずっと立っとらなかん。何があるかわからんで。服を盗みに行ったり、靴を盗みに行ったり、シャツを盗みに行ったりするやつがおるで。洗濯して置いたると盗むの。もらった分だけ帳面にみんな、シャツ何枚、靴下何枚、全部書いてある。全部これ国の与えた品物支給、官給品って。そいつを洗濯してかけたる〔干してある〕とね、服がもろ〔ぼろ〕なるとね、新しいやつがほしいでって、他人《ひと》のやつ盗みにくるの。夜中のうちに。そういう番兵もしとらなかん。各班が守っておらなかん。何が起きるかわからんで、ちゃんと起きとらな。兵隊っちゅうのはそういうふうだで。普通の、働いとるのと全然違うんだよ。

全員罰則。ひとりが悪いことやっても。みんな、それを耐えたんだで。よう耐えん〔耐えることができない〕人は自殺するんだ。川入って死んだり、鉄道自殺したり、首吊ったり、そういうことするの。それがあると、脱走した人がおるとね、全員で探さなかんのだ、起きて。寝る時間あらせん〔ない〕わ。出てくるまで探さなかんのだで……。いかに苦しいとこかと思うわ」

服から靴に至るまで、軍隊で必要なものは「官給品」として国から支給された。「官給品」は誰にどれだけ支給されたか記録されており、それらを全て持っているかどうか確認されることもあったため、支給されたものはすべて自分で責任を持って管理する必要があった。しかし祖父の語りによれば、その他人の官給品を盗む者もいた。軍隊では、誰かひとりでも規則に反した行いをすると、全員が処罰の対象になる。そのため、お互いに監視せざるを得なかった。祖父は「無我夢中」という言葉とともに、軍隊での厳しさをこう語った。

「無我夢中でやるだけ。救助なら救助だけを、言われたことだけをやるんだで。自分の勝手なことはやれえへんで（できないから）。命令だで。命令に背いたらひどい目に遭うぞ。そのぐらい厳しいの、軍隊っちゅうとこは。軍隊は上官の命令だけ。なんにも一言も言えん」

祖父との対話から、日々、軍隊の規則にがんじがらめになっていた様子がうかがえる。この規則や罰則に耐え続けるためには、かなりの精神力が必要であっただろう。「無我夢中」というひとつの言葉から、祖父がどのような状態でこの状況を乗り越えてきたかが想像できる。さまざまな感情を捨て、無になってひとつひとつのことをこなしていくしかなかったのだろう。「いかに苦しいとこかと思うわ」という言葉は、人間として当たり前に持つ感情を押し殺し、自分というものを捨て、まるで機械であるかのように行動するしかなかったことに対する苦しさを訴えているのではないだろうか。

70年前は何も言えなかったが、今やっと話すことができる、話さなければならない、という思いが祖父には強くあるようだ。そんな祖父の思いが、次の私への語りに出てきている。

「軍隊っちゅうのは、秘密でなんにも喋れんの。天皇陛下の命令で、みんなこうだで。軍隊はこういうとこだって。もう、昔からそうなっとるんだから。みんな軍隊でこうやってね、（罰則で）叩かれるとかね、どうだこうだ言う人はひとりもおらんわ。そんなこと言ったらいっぺんに憲兵隊に引っぱられてまうで。終戦になって、もう軍隊もなんにもない民主主義になって、それも70年も経って（やっと）みんなが言う

ようになったんだで。それまで50年、70年間喋らなんだんだ〔喋らなかったんだ〕、みんな。戦地へ行ったことも苦しいことも、喋らなんだんだで。思い出したりいろんなことするで。だけど、もう70年も経ってくるし、いろんな話が絶えてくるもんだから、みんなが思い出しては、新聞に投稿して、いろいろ書くんだがや。そいつが今出てくるんだ。年数が経つほど昔のことがどんどんわかるの。被爆の「ひ」の字も言わなんだよ、50年のときは。今70年経って初めて出てきたんやで、隠しとったことが」

戦争体験者の語りの中で、よく耳にする「憲兵隊」。フランスの憲兵制度にならって1881年に日本の陸軍にも導入され、軍事警察の役割を担った兵隊のことである。主に軍隊内の犯罪調査、思想取り締まり、軍紀の維持を行っていた。憲兵隊は徐々に権限を強め、一般民衆の思想統制までも行うようになった。祖父の語りにもそのような憲兵隊への強い恐れがあらわれている。

戦後約70年が経とうとしている今、祖父にとって広島で直面したことは思い出したくない体験である一方で、決して忘れ去られてほしくはない出来事であった。だからこそ、祖父は今になってでも当時のことをさまざまな形で語り継ごうとしている。そんな祖父は、〝神様〟という言葉を使って今の時代を表現した。


「今みたいな、こんな神様みたいなええ〔良い〕ときはないぞ」

「神様みたい?」

「今、一番いいがや」

「今、神様なの?」

「神様だがや。苦労なし、なんにもなし。そのままで暮らせるで、心配事もなし。(当時は)遊びに行くこともできんぞ」

この祖父の語りは、今の日本での暮らしがいかに平和で、恵まれたものであるかを私たちに語りかける。

青春を捧げた軍隊での訓練――「第二の故郷。ええとこじゃないけど」

私たちは広島に到着すると、広島駅からさらに13駅先の山口県との県境にある大竹駅に向かった。そこは祖父が軍隊生活を送っていた場所だった。祖父にとっては70年ぶりの大竹。私にとっては初めての大竹だった。大竹駅からしばらく歩いたところにある大竹市総合市民会館を訪れると、1階の一角に大竹海兵団、大竹潜水学校、原爆投下に関する資料が展示してあった。その中に大竹海兵団に所属していた人が書いた訓練の様子についての資料があった。そこには、衣嚢《いのう》棚に兵隊がひとりずつ身体を丸めて入る訓練の様子が描かれていた。現代の小学校の教室にあるランドセルを入れる棚のようなものだ。それを見つけた祖父は、私に訓練の様子を説明した。


「これが衣のう棚って言ってね、ここの中に入るの、人間が」

「そこに入るの?」

「(笛が)ピッと鳴って、タッて入るの。上手に入らんと、尻が出とるの。そうするとね、(上官が)この棒(軍人精神注入棒)でね、バラバラバラってはらう(叩く)の、尻を」

「身体が大きい人だったらどうしようもないでしょ」

「入れんよ。こういうこともやったの」

「理不尽でしょ、それ」

「でもしゃあない。これが訓練だで」


大竹市を離れ、次に向かった宮島は、祖父が疎開のために大竹海兵団の兵舎を移設し、引き続き軍隊生活や訓練を行った場所であった。今では宮島と言えば世界遺産・日本三景のひとつであり、厳島神社のある人気の観光地である。そんな宮島が過去には海軍と深い関係にあったことを知る人は、もう多くないだろう。宮島には、あまり観光客が行かないようなところに戦跡がいくつか残っていたりもする。

宮島を散策しながら、「ここでどういう訓練をしてたの？」と聞くと、祖父は身振り手振りをしながら回想を語った。


「ここで蛸壺を掘ったりするの」

「蛸壺掘りをここでやってたの？」

「みんなやるんだ。どことなしにやるんだ、訓練は。きちっと決まったとこでやっとってはあかんで。穴の掘れんようなところへ（上官たちが）連れてくんやで、わざと」

「穴の掘れないところに？」

「ここんとこ。手で掘るんだぞ」

「手で掘るんだ」

「おお、当たり前だがや」

2015年8月8日、宮島口から宮島へ向かうフェリーから。右寄りに見える工場地帯が大竹、左寄りに見える島が宮島（広島県廿日市市）

「140センチも？」

「音がしたらいかん、音がしたら。そっと持って、こうやって掘るの」

「どれくらい時間がかかるの？」

「何時間でもかかってやるんだ。1時間でも一夜かかってでも掘らなかん、自分が入れるだけの分は。入れるだけの分だけ掘らなかんのだで。そういう訓練。手で掘る言ったらね、どんなけん〔どれだけ〕掘れるの、毎日掘って。音がせん〔しない〕ように掘ろうと思うと……。向こうに拡声器並べておいて聞いとるんだで、日本の音を。音がすると怒られるの。〝音（が）しとる！〟、アメリカがこうやって拡声器つけて待っとるんだで。だから音がせんように穴掘るの。それも競争だぞ」

最後に祖父はこう付け加えた。

「（広島は）第二の故郷。ええ〔良い〕とこじゃないけど」

私は少し驚いた。宮島から宮島口へ移動するフェリーからは、大竹と宮島を眺めることができる。祖父は、70年前、この大竹と宮島の間をカッターを漕ぐ訓練をしたり、大竹から宮島へ兵舎を疎開させる際に資材をカッターで運んだりしていた。フェリーから一望できるところは、祖父のさまざまな記憶が詰まっている地であった。

私は、祖父の広島での生活はほんの半年間で、想像を絶するような血なまぐさく辛い経験をしてきた場所だから、故郷と言えるようなところではないと、このときまでずっと思い込んでいた。しかし、たった半年間であっても、その短い期間にさまざまな経験や思いがぎっしりと詰まっており、それらの記憶が決して良いものばかりではなかったにせよ、祖父にとっての青春時代を間違いなくここ広島で過ごしたということに私は気づいた。

原爆投下──「こうやって、ぐぉーんって」

広島への原爆投下時、祖父は爆心地から約30キロ離れた大竹海兵団にいた。2015年8月9日、平和記念資料館の2階に上がり、最初の展示室へ進むと、何枚も並べられた〝きのこ雲〟の写真が視界に飛び込んできた。祖父はそれらを目にすると、原爆投下時のことを語りはじめた。

「雲だ。雲」

「うん」

「きのこ雲」

「こんなんだった?」

「そうだった。こうやって、ぐぉーんって、ほいで〔それから〕細くなって、ほいで上へ行って、こういうふうに」

「ふーん」

「すごいんだもん爆発が。地震よりひどいんだぞ」

「地震より揺れたの?」

「立っとれんくらいだもん。すごいんだぞ、爆風が」

「そのとき吹き飛ばされたの?」

「飛ばされちゃったんだ。立っとって」

「尻もちついたの?」

「ん?」

「後ろに倒れたの?」

「バコーンって飛ばされちゃった。すごいんだで。なもん〔そんなもの〕電車で行ってもな、広島から大竹まで(電車で)13駅か14駅あるだろ?」

「うん」

「そこ〔大竹〕におってもすごいんだで、(きのこ雲が)もくもくもくもくもく、上へ上がってってって、ほんで上へ、がーって……」


『広島原爆戦災誌』にも大竹の住民の多くが、広島方面に入道雲状の雲が上昇するのを目撃した記述が残されている。祖父もそのうちのひとりになるだろう。大竹は爆心地から西に約30キロ離れており、山口県との県境にあるが、建物の東側の窓ガラスが割れたり、鏡が落ちて割れたりしたという証言（『同』）もある。祖父の語りからもそんな情景が浮かんでくる。原爆投下は未曾有の経験だった。突然、そのような状況に置かれたからこそ、身体で捉えた記憶が今も祖父の中に深く刻み込まれているのではないだろうか。

原爆投下時の様子は、写真や、再現映像などで見たことはあった。きのこ雲の写真は誰もが見たことがあるだろう。しかし、いくらそれらから視覚的にイメージしても、爆風や揺れを想像することは難しい。この祖父の擬音語、擬態語を交えた語りを聞くと、少しだけ想像しやすくなった。

名古屋から広島へ向かう新幹線や、大竹駅から宮島口駅へ向かう電車内でも、祖父は原爆が投下された日の大竹海兵団の様子や、密かに入手した情報について語っている。

「いろんな兵隊さんが、その日の晩に広島へ飛んでって調査したんだがや。広島（に原爆が）落ちた6日の夜、（広島市内に調査に行った兵隊たちが）帰ってきて話をしとったの。それを聞いとったの、俺は」

爆心地へ調査に行った兵隊たちの話を壁越しに偶然耳にした祖父は、広島市内では、暑くて息苦しいためマスクをしなければならないということや、被害に遭った人々の皮膚を調べたところ白い衣服を身に着けていた部分は火傷の症状が少なかったこと、白いものを身に着けていると良いという情報を得ることができたという。そして、原爆が投下される前日の訓練で支給された軍隊の白い靴下3足と白いふんどしを、広島市内での救護活動時に活用した。祖父は白い衣服を強調して語るが、それは２０１１年に起きた福島第一原子力発電所事故後、白い防護服を身にまとった人がテレビに映し出されるのを見て、記憶が再構成されている可能性もあるかもしれない。

祖父はそのようにして得た情報を他の兵隊に教えることはしなかったのだろうか。純粋な疑問として祖父に聞いてみた。

「なもん〔そんなもの〕、教ええせん〔教えない〕わ。話しする時間はないの、兵隊同士が。喋っとったら、声がするですぐ殴られる。怒られるんやで。喋れんの、全然なんにも。こうやって話しをすることもできんの、軍隊は。……話すことは隊長さんが全部喋るだけで、それをただ聞くだけで。ああしたらどうだ、こうしたらどうだってことも言えんの」

自分だけが偶然得た情報を同僚にも決して洩らさなかったのは、軍隊の中で生き延びるための唯一の手段であったのかもしれない。だからこそ、当時は決して話さなかったのだろう。今になってようやく話すことができるようになったのかもしれない。祖父のこの語りから、一新兵から見た原爆投下時の軍隊内の状況が少しだけ垣間見える。

救護活動―「一人でも助けたりたいで」

「あの指先見てみよ」―広島市内で目の当たりにした人々の姿―

平和記念資料館の2階展示室に入るとすぐに、2体の蝋《ろう》人形が姿を現す（2017年4月25日に展示は終了している）。原爆投下直後の広島市内の様子と、原爆の熱線により髪の毛や衣服が焼け焦げ、皮膚がめくれて垂れ下がり、両手を前に突き出して歩いている男女が再現されている。私が平和記念資料館を訪れるのは、中学3年生以来の約7年ぶりであった。そのときは、この蝋人形を直視できなかった。今回は、本当にあった事実として受け止めなければいけないという思いでここへやって来た。展示室に入り、蝋人形が見えてくると祖父が私に語りかけた。


「あの指先見てみよ。指先からな、皮から、こういうとこ全部出とるんやで。油が。ドロドロドロたらけてまって〔溶けて垂れてしまって〕、ほんで触るとね、つるっとめくれちゃう〔めくれてしまう〕」

「……うん」

「まるきり、本当にお化けみたいやぞ」

「こういう人がいっぱいいたの?」

「おお、歩いとる人はまだええ〔良い〕ほうだ。そのまま死んどる人もおるし、ぼちぼち〔ゆっくり〕座ってそのままでおる人もおるし、いろいろあるんだで。まだこの人ら〔蝋人形〕元気ええほうだわ。動くで」


8月6日7時31分に空襲警報が解除された。それから1時間も経たない8時15分、多くの人々から警戒心が薄れ、朝食や仕事に向かう準備をはじめたところに原爆が投下されている。


（母）「痛いとか、熱いとか……」

（祖父）「もうそんな次元じゃないんだで、もう温度がすごいんだで。あもこもないんだで〔どうにもならない〕。ようこんだけんのもんでも着とれた〔よくこれだけのものを着ることができていた〕なぁと思うくらいひどいんだで。火傷、煙と暑さと両方で。こういう人んとら、この水槽があるだろ？　この水を飲みに来るの」

蝋人形の横には、祖父の言う防火水槽が再現されていた。


（祖父）「普通の家庭にもこういう水槽があったの、戦争当時は。そこに水を溜めとったの」

（私）「家にあったの？」

（祖父）「あるよ、どこの家でも。みんな買ったんだよ」

（私）「戦争だから？」

（祖父）「おお、戦争当時、焼夷弾で燃やされて、火事になるとかんで〔なるといけないから〕こういう入れ物〔防火水槽〕を買ったの。コンクリートの水槽。その水を飲みに来たんだがや、ここへ。口が乾くで」

（私）「でも飲めないじゃん、こんなの」

（祖父）「飲めんわさ。だで、手でやれんで、（水槽の中に直接）口を入れて、こうやって飲むの」


蝋人形をじっくりと見ることも、それを見ながら祖父と対話をすることも初めてのことだった。いまだに、蝋人形を見るときは緊張し、恐怖心を抱く。決して心地よくはなく、すぐにでも目をそらし、その場から逃げ出してしまいたいのが本音である。しかし祖父は否応なしに、たった二体の蝋人形ではなく、このような姿で逃げまどい、救助を求める人々が数えきれないほどいる中で、さまざまなことに立ち向かっていかなければならなかったのである。もし自分が同じような状況に置かれたら、と考えても想像することもできない。

平和記念資料館の中をさらに進んでいくと、全身にひどい火傷《やけど》を負い、治療を受けている人々の写真が展示されている。

「ああいう人たちを助けたの？」

「そういう人を助けたんだ。治療に持っていくんだが、ついてかなしゃあない。嫌だでって、ほっておくわけにいけせん〔放置しておくわけにはいかない〕。良くても悪くても〔医者に〕診せなかん」

「……でも、こんな写真見たくない？」

「なあ、しゃあないわさ。やってきたんだもんだで。……竹なんかこうやって割れてまう。爆風で。熱とで割れて色が変わる」

このとき、救護活動の話題を避けるかのように祖父はとなりの展示物の話に変えてしまった。「しゃあないわさ。やってきたんだもんだで」と自身が行ってきた事実を受け入れようとする一方で、話題を逸らそうとするのは、今も受け入れきれない部分があるからだろうか。

順路に沿って歩いていると、祖父はある展示品を見て語りだした。

「本当にもう、見たら、お化けかしゃん〔じゃないかと〕思ったよ。気持ちが悪くて。こうやって歩いてくるの」

原爆でボロボロになった衣服を身につけた二体の木製人形が、あの日見た人々の姿を蘇らせたのだろう。祖父は逃げるように次の展示へ速足で向かった。

「みんな命がけだよ。助ける人も、助けてまう人も」―感情を失った5日間―

救護活動中の広島市内の天候は、どのような状況だったのだろうか。展示を見ている祖父に尋ねた。

「8月7日以降も市内は暑かった?」

「暑い暑い! なもん〔そんなもの〕、本当苦しくておれん〔耐えられない〕わ。そりゃあ、放射能だって、(原爆が)落ちてからそのまま熱量が冷めとれせんで、そんなもん苦しくて苦しくて、もたん。暑くて」

救護活動をしていたときの祖父は18歳。体力もあり、暑さなどお構いなしに動ける年齢であろう。そのような青年でさえ、当時の状況をこう振り返る。相当な暑さであったようだ。

祖父は、広島市内の地理は全くわからず、あたり一面焼け野原でがれきの山となっていたため、自分が救護活動をしていた場所は、爆心地には近かったものの、具体的にはわからないという。平和記念資料館の展示の中に、被爆した人々が広島赤十字病院や学校で処置を受けたことが書かれていた。もしかしたら、祖父もそこへ負傷者を運んでいたのではないか。

「そこ(広島赤十字病院)に運んだの」

「いやぁ、俺は(救護所が)ところどころにあるで、そこへ(負傷者を)固めたら、いっぺんに満員になっ

ちゃうで。町のところどころに救護所をつくって、テント張って、そこでやるんだで、みんな」

「テントは張れたんだ」

「よそから持ってきて、まわしする〔準備する〕わさ。市内にはなんにもない。よそから応援して持ってきたりして、緊急に。ほんでテント張って、そこで治すの」

「どうやって治すの？」

「ピンセットで虫を取るだけだ。この……ウジを。赤チン（マーキュロクロム液）もなにもあれせんのだで。そんなもん死んでまうわ、みんな。生きる人はいないんだわ、ほとんど。連れてきて、そこへ置いて、次の人を取りに行ったら、もうウジがわいとるんやで。暑いでウジがわくんやで。ウジが這《は》って、よそへ行くといかんでそれを取って入れ物に入れて保管するんだ、逃げていかんように……。治療するもなにもないわ、薬がないんだで。ガラスの破片が入ったらそれを取るくらいのことで、完全な治療はできん。道具がないで。ピンセット1本もない」

原爆投下直後の救護活動とはいっても、治療薬や治療道具が十分になく、ほとんど治療ができなかったことは、祖父以外にも多くの人が証言している。

さらに進んでいくと、負傷者へ水を飲ませてあげている様子の写真があった。

「この人に水飲ませとるけどね、これあかんの。（救護所は）学校だとか道路だとか、いろんなとこであったんだろ」

「うん、これは学校だね」

2015年8月9日。平和記念資料館から原爆ドームを眺める祖父（広島県広島市）

「だで、場所は（具体的に）決まらんの」

祖父の視線の先には、亡くなった人びとを火葬している写真があった。


「これ死んだ人、死んだ人だ。ああやって、油つけて火葬するの」

「どこで？」

「よそへ持ってってね」

「よそって、どこで？」

「トラックで運んできたやつを山へ持ってきて、焼いたりする」

「山で焼いたの」

「山でもやるし町でもやるし、いろいろ場所があるの。山とは決まらんの。これ、兵隊さんが水飲ませとるの。飲ませちゃいかんけどもな」


祖父は、上官から負傷者に水を飲ませてはいけないと言われていたらしい。それを忠実に守っていた。祖父は自ら火葬の話題へ話をひろげたが、私が深く入っていこうとすると、突然、水の話題へと変えてしまった。私は火葬の話題にふれるべきか躊躇しながらも、もう一度話を戻した。

「あの、燃やすのは……」

「学校、だいたい学校が多いんだよ。目印はその方がいい」

「うん。燃やすのも、やってたの？」

「町内の名前言ったってわからんで。学校って言えばわかるで、だいたいが」

「燃やすのもやってたの？」

「うん、燃やすのみんなやらなかん。集めてきたんだで」

「やってた？」

「やっとるわさ！　死体引き上げから全部。処理だもん……。とにかく薬があれせんのやもん。……昔の看護婦さん、看護兵はこうだよ」

私が何度も聞きすぎたのかもしれない。遺体処理にふれると、祖父は強い口調になったり、言葉に詰まったり、話題を変えようとしたりした。ここでも突然、看護兵の話題になった。たとえ命令を受けて遺体処理に携わっていたことが事実であったとしても、他人《ひと》に話したくないだろうし、認めたくないことだろう。私もこれまで母から、祖父は遺体処理も行ったはずだと聞いてはいたが、どう処理していたかまで聞いたのは初めてだった。触れてはいけない話のような気もしていたが、祖父のように遺体処理に携わった多くの人々が心の中にしまいこんだ実際の状況を知りたいと思った。私は勇気を出して聞いてみた。私も胸が痛かった。

平和記念資料館を見学した後、実際に広島赤十字病院のあたりまで行ってみた。被災した広島赤十字病院があったのは原爆ドームから南に1・5キロほどのところ。そこには当時の広島赤十字病院の建物の一部がモニュメントや慰霊碑として残されていた。そこで祖父はあるものを見つけ、こう語りかけた。


「あれ。新聞出とったの、あれ」

「あれ？」

「これ、死んだとこのやつ。新聞出とったがや」

「本当？」

「家行って見せたる〔見せてあげる〕わ。この新聞あるで、学徒動員の……」


それは、遺体が花壇に円形に並べられた様子を描いたモニュメントだった。「原爆の絵　動員学徒の碑」という説明があった。


「こうやって焼いたってこと？」

「おお、こうやって焼いたんだ」

（母）「こうやって遺体が置いてあったんでしょ」

「置いてあるの」

「こうやって並べたの？」

「並べなしゃあないが、置き場がないんだで。まだ積み重ねて置いといた場合がある。そんなね、ああだ

2015年8月9日、広島赤十字・原爆病院メモリアルパークにある広島赤十字病院の被爆窓枠（広島県広島市）

2015年8月9日、広島平和記念公園のなかにある原爆供養塔（広島県広島市）

とかこうだとか言っとれんの。お前んとらが考えるようなことより、まだひどいんだで。これだけでもやってもらったら、まだ喜ばなかん〔喜ばなければならない〕。やってもらっとらん人もおるんやで。無名の戦死がおっただろ、向こうに。供養の塔って。7万人おるって言ったがや、あそこに」

「うん」

「な。韓国人から日本人から、わからん人がみんなおるんだあそこに」

祖父の言う供養の塔とは、広島平和記念公園の中にある原爆供養塔のことで、1955年に氏名がわかっていない人や一家が全滅して引き取り手がない人の遺骨を供養するためにつくられたものである。[*12] そこには、約7万人もの遺骨が納められているという。そういったことにも触れながら祖父は語った。

今回の広島訪問前に、広島市内で救護活動に携わった人の手記を読んだとき、負傷者を見て涙が出たと書いている人や、遺体処理を行っていてはじめのうちは涙が出たが、だんだん感情を失っていったと書いている人がいたことが印象に残った。祖父の場合はどうであったのか。


（私）「ガラスを抜くとき、痛いって言うの？」

（祖父）「痛いもくそもわからせんがや、もう」

（母）「もうそういう状態じゃないでしょう」

（祖父）「じゃないの。お前んとらの考えと、俺らの考えと全然違うの。痛いとかかゆいとかじゃないの。もう、なんにも喋れんの、自分もえらくて〔しんどくて〕。ただ医者が診て、ガラスだと思ったらピンセットで取るだけで」

（私）「じゃあ、救助されてる側は叫んだりしないの」

（祖父）「なもん、痛いやつは痛いやつだし、注射あらせん〔ない〕がや。痛み止めあらせんがや」

（私）「でも、何かわめいたりしないの」

（祖父）「いや、する人もおるさ、中には」

（私）「そんなことに構う余裕がなかったんだ」

（祖父）「死にもの狂いなんだから」

（私）「そうだね」

（祖父）「そりゃそうだわ。今は平和になったでそんなことわかるけども、本当にあんな時分……。ほんで、それだけで済めせん。まだ空襲が来るんだで」

（私）「救助活動も命がけってこと？」

（祖父）「みんな命がけだよ。助ける人も、助けてまう人も」

（私）「じゃあ、いろいろ考える余裕もないんだ」

（祖父）「ないないない、ないないない。なもん〔そんなもの〕、右往左往しちゃうの、みんな。場所がわからんで。どこへ収容していいやら」

（私）「じゃあ、悲しいとかもない？」

（祖父）「なもん、悲しいとかもないよ、おそがい〔おそろしい〕とかもない。気持ち悪いとかも思えせん。とにかく、やらなかんでやるだけだ。命令だで。そんな普通の人だったら、ようやらん〔できない〕。断るよ。これは、軍が来てね、軍の命令でやらならんでやるだけで。仕方がないで」

（私）「でも、たくさんの人を助けようとか思わなかったの？」

（祖父）「思っとるで〔思っているから〕やっとるんだがや、救助を。そうやないか」

（私）「うん」

（祖父）「ひとりでも助けてやりたいと思ってな、救護所へ連れてって寝さしとるんやで、みんな。うん。ひとりでも助けたりたいで」


広島赤十字病院の後に向かった旧日本銀行広島支店では、1階と地下室が原爆投下を含めた戦争に関する展示室となっていた。この旧日本銀行広島支店も原爆の被害にあっているが、幸いにも全壊はしなかったため、修復され、現在まで残されている建物のひとつである。

地下の展示室へ入ると、原爆投下時の状況を描いたさまざまな絵画が展示されていた。そのひとつに兵隊が負傷者をトラックで運んでいるところを描いたものがあった。

「こういうのでやってたんでしょ？」

「うん。（こうやって）やっとる人もおるし、わからん。俺らはトラックにものを乗して、死んだ人を乗せるの」

「乗せる係だったの？」

「〝手の空いとる者、これを乗せよ〟って言われて、〝トラックが来たで、乗せよ。山へ持ってかなかんで〟ってやるんだがや。そのあいさに〔間に〕、またずーっと探さなかん、救助せなかんっていうふうで。もう、てんやわんやだで」

「もう、無我夢中でやってたってこと？」

「そりゃそうだ」


「これは陸軍の暁部隊がトラックに乗せて……」

「あ、これそうなんだ」

「うん。救助。暁部隊が全部やったんだで」

「やってたね。暁部隊も救助していたんだもんね」

「うん、しとったよ、暁部隊が。宇品港のそばにあるんだが。船舶兵ってな、糧秣やいろんなものを船に積み込むの、宇品港に。そういう兵隊がずらずらおったわけ。それらぁ〔その人たち〕が全部こうやって、トラックで救助したわけ。死体を山へ持ってって、一カ所に集めたりしてやったわけ」

2015年8月9日。旧日本銀行広島支店（広島県広島市）

原爆投下後の広島市内にはさまざまな部隊が救護活動や遺体処理活動に入り、混乱した状況であったことが想像できる。陸軍の暁部隊とは、広島南部の宇品地区陸軍船舶司令部のことで、部隊や兵器、物資の船舶輸送などに関わっていた。この暁部隊も、原爆投下直後に救護活動を行っている。祖父は、暁部隊の人が運転するトラックに、負傷者や遺体を乗せていたのかもしれない。それすら自分自身でもわからないほど、無我夢中で救護活動、遺体処理活動をしていた。

＊12　広島平和記念資料館バーチャル・ミュージアム　平和記念公園・周辺ガイド「原爆供養塔」http://www.pcf.city.hiroshima.jp/virtual/VirtualMuseum_j/tour/ireihi/tour_09.html．２０１８年7月29日閲覧

残留被爆との闘い――「それがえらいんだ、乗り越えなかんで」

平和記念資料館の中に平和記念公園が見渡せるようになっているガラス張り空間がある。そこには、長椅子が置かれ、被爆者の証言がビデオで流れている。祖父、母、私で長椅子に座っているとき、母が祖母から聞いていた、祖父の結婚当初の残留被爆によるものであろう症状について触れた。

（母）「じいちゃんたちもなんだったのかなって思うの。結婚した当初は、じいちゃんもすごく調子が悪くて。じゃあ何っていっても治療法が……」

（祖父）「鼻血も出てな」

（私）「鼻血も出たんだ？」

（祖父）「鼻血で、うつむけんのだもん〔うつむくことができない〕。顔洗ったら、鼻血止まらんのだもん」

（母）「だから、やっぱり急性の症状が出てる」

（私）「急性ではないでしょう。（被爆から）10年後くらいって言ってたよ」

（母）「後障害」

（祖父）「結局もう動けんようになっちゃうんだ。体力がない。1日に1時間も働いたらもう疲労ができちゃって、それが回復できんの。普通の身体じゃないで。それがえらい〔つらい〕んだ、乗り越えなかんで。普通の人ではわからんの。なまかわに〔なまけているように〕見えるの。

この中で少年が助かるだろ、あんだけひどい火傷しとっても。だで〔だから〕運のいい人は、ああやって助かる人もおるの。おんなじ場所におってやられても。大した治療やっとんじゃないよ、あれらも。新聞紙燃やして灰にして、それを貼っただけやで。そうやって治してきたんやで。それでも生きたぞ。今80いくつになって、生きとる人もおるんやで。よっぽど運がいいんだぞ」

（母）「じいちゃんだってそうじゃん。じいちゃんだって、結局なんだかわけがわからないまま、どこかの医者の、結局実験台みたいにされて」

（私）「結局されたの？」

（祖父）「実験台だ」

(私)「実験台にされたって、ＡＢＣＣ（原爆傷害調査委員会）じゃなくて？」

(祖父)「なんだかわからん。実験にしてくれ、だもん。もうモルモットになれっていうことで、なったの」

(母)「試験的にいろいろな薬飲んだり、首のところに……」

(祖父)「ここへ注射打って」

(母)「だけど、その注射打ってって言ったって、（どんな薬を使って注射をしていたか）わからない」

(祖父)「わからん」

(母)「こういう人たちは聞かないから。ただ、その医者の実験台になって、やらせてくれってことで」

(祖父)「研究だで、来い、来いって。半年（注射を）打って半年やめて、また半年打って半年やめて、血液の検査したの。白血球、赤血球をね、調べとったの」

(母)「近所のその医者がじいちゃんを実験台にして、いろんな注射を打ってた。で、それが……」

(祖父)「ようわからん」

(母)「それが、どんな薬かはわからんのだけど」

(祖父)「わからん、向こうがほんで死んでまったで」

(私)「そうなんだ」

(母)「でも、そう言ってて、だんだん落ち着いていったんじゃない？　だから、それが効いたのかなんだかわからないけど、一応は普通の生活ができるようになったってことは」

ＡＢＣＣ（Atomic Bomb Casualty Commission　原爆傷害調査委員会）は、１９４７年に広島・長崎の原爆被爆者に対し、放射線の医学的・生物学的な影響の長期的な調査を行うためにアメリカによって設立され[*13]、47年から広島で、48年から長崎で研究を始めた。ＡＢＣＣは現在、広島・長崎それぞれにある放射線影響研究所（放影研）の前身でもある。放射線影響研究所は、75年に日米両国政府が共同で管理運営する公益法人として設立され、「平和的目的の下に、放射線の人に及ぼす医学的影響およびこれによる疾病を調査研究し、原子爆弾の被爆者の健康保持および福祉に貢献するとともに、人類の保健の向上に寄与すること」[*14]を目的としている。

祖父の場合は、名古屋に帰ってきてからのことで、ＡＢＣＣとは関係がないものらしい。ということは、名古屋でも、個人的に、被爆した人への治療にあたろうとしていた医者もいたということだろう。

ＡＢＣＣの調査に協力した経験がある人の中には、丁寧な治療を受けているというよりも、実験用のモルモットにされているように感じ、好意的な印象を持たなかった人がいることも、文献や証言などを通して知ることができる。祖父の場合、ＡＢＣＣとは関係がなかったにせよ、そのような実験台になったことについてどう感じていたのか、私は知りたかった。

（祖父）「俺の話を聞いて、〝こういう実験台になってくれ〟って言って、半年ずーっと通ったの。毎日毎日実験」

（母）「公に認可はされてないいんだけど……」

（祖父）「その人が一生懸命やっとったの」

（私）「一生懸命だったのかな？」

（祖父）「そりゃそうだわ！（その医者は）広島へひとりで勉強しに行っとったんだもん！（その医者のところには）広島の写真がずーっとあったよ、ドームの写真からいろんなとこ！」

（母）「だから、そういうことじゃなくてさ、もうちょっとその医療に対して……」

（祖父）「ここへ来て勉強したんだろ、いろんなこと聞いて！　ほんで家へ帰って、薬をつくって俺に打っとるんだで。５本か６本打ったよ、注射を。毎日、毎日」

（母）「その薬が、例えばこういう薬だとか、そういうのがわかればいいけど、それが全然不明なまま。とりあえずその医者の実験台にはなってたのは、私もずーっと聞かされとった。だで（祖父が）結婚したころなんか、もう本当に具合が悪くて、しょっちゅう寝とったっていうのは（祖母から）よく聞いたけど。だから、そんな人がそれこそ90年近くも生きているっていうこと自体も不思議だし、そんな状態の中で、子供が２人生まれるっていうのも、私の中ではすごく不思議な話だけど」

（祖父）「うん、うん」

祖父が被爆者の治療の実験台にされたことを、あまり悪く思っていないことが意外だった。他人から見れば、祖父がその医師の実験台にされていたように見えていたとしても、祖父の中では医師が自分のために一生懸命治療してくれたと信じたい思いがあったのだろう。

（母）「で、あんたなんか「三世」になるんだし」

（私）「知ってるよ。……みんな結婚しなかったって聞くじゃん」

（祖父）「風評はよけ〔たくさん〕あったな、いろんな風評な。触ったらうつるとか」

（母）「でも、じいちゃんは、そういうのはないって知っていたって」

（祖父）「うん、うん。そういう風評は出たよ。結核と一緒で、そばにおったらうつるとかなんとか言って、そういういろんな風評が出た」

（母）「ああ、空気伝染で」

資料館の後半に展示されている被爆による症状を見たあと、祖父と母と三世代で対話をする中で、「三世」という話題が出た。「被爆三世」については法律などによる明確な定義は見当たらないが、このとき私は自分がいわゆる「三世」という中に分類される立場にもあるということを、初めて自覚するようになった。それは、これまで全く意識したことがないことだった。私は、健康に暮らせていることを当たり前に思って生きてきたが、その裏には、多くの人々の原爆に対する葛藤や乗り越えがあったことを、この日知った。結婚や出産に不安を抱いたりする人もいた中で、祖父は原爆の後遺症と闘いながら、私まで命をつないでくれた。祖父—母—私という三世代にわたる繋がりを改めて実感した。

被爆した人の多くが結婚の際、根拠のない差別や偏見を受けることがあった。祖父の場合も、被爆していることを祖母に伝えなかったと聞いている。被爆者に対するさまざまな風評があったことから、あえて言わなかった、言えなかったのだろう。遺伝影響については、様々な憶測はあるものの、現在も明確なことはわかっていない。放影研によれば、奇形児の生まれる割合と被爆の有無の関連は認められていない。幸い祖父の子どもたちも、孫にあたる私も健康に生まれた。それでも祖父は被爆者に対する風評被害もあったことから、祖母に対して申し訳なさを感じていたのかもしれない。

＊13　公益財団法人放射線影響研究所　用語集「原爆傷害調査委員会（ABCC）」https://www.rerf.or.jp/glossary/abcc/，２０１８年7月29日閲覧

＊14　公益財団法人放射線影響研究所　設立の目的と沿革　https://www.rerf.or.jp/about/establish/，２０１８年9月24日閲覧

満たされた心――「行けれんと思っとったところが、行けれたで良かった」

8月9日、広島から名古屋へ戻る新幹線の中で、私と広島を訪れ、70年ぶりに感じた思いを祖父に聞いてみた。そのときの祖父は、表情も穏やかで、達成感や満足感に満ち溢れているようであった。


「70年ぶりに何を感じたの？」

「行けれん〔行くことができない〕と思っとったところが、行けれたで良かった……」

「良かったの？　嫌じゃなかったの？」

「おお。ほんで由依に教えれたし」

「うん」

「良かったなって」

「嫌じゃないんだ」

「うん」

「思い出したくないんじゃない？」

「そんなこと、思い出せせん〔思い出さない〕もん」

「思い出せせんの？」

「出さんようにしとるもん」

「思い出さないようにしてるんだ」

「割り切っとるもん」

「そうなの？」

「行ったときはいろんなこと話すけど、もうあとは忘れるっちゅうこと」

「そうなんだ。でも、広島市内を歩いてたときは思い出したの？」

「……もう、ただ歩いて歩いて、歩くことばっか。病気にならんように、病気にならんように、日射病にならんようにって一生懸命に。それだけだ。ただ、それだけだ」

「大竹に行ったときは？」

「あぁ、懐かしいなと思うわ」

「大竹の方が懐かしい？　市内より」

「そりゃ懐かしいわ」

「そうなんだ」

「やっと〔長い間〕おったもんだで」

「宮島も？」

「おお」

「ふーん」

「救助の方は4日間〔5日間〕だけだもんだで」

「確かに」

「だろ。そりゃあ、向こうは、やっとおったもんだで、懐かしいわさ。ああ懐かしいなぁ、第二の故郷だなぁ」

2015年の広島訪問は、祖父が広島市内で救護活動をしていた日のちょうど70年後であり、当時と同様、大変な暑さだった。祖父は体調を気にしていたようだったが、無事に70年前に時間を刻んでいた地を私とめぐることができたことに安堵し、「自身の体験を広島で語る」という任務を果たせたことに、達成感を覚えているようであった。

フラッシュバック──「今まで、そんな夢なんて見たことない」

「昨日になってから、ぼぉっと助けとるとこの夢を見て、びくっと起きた」

祖父と対話をする中で、最も息をのんだ瞬間が、愛知県で行われた原爆絵画展でこの祖父の言葉を聞いたときであった。このときの緊張は現在でも覚えている。2015年8月11日、救護活動中の状況が描かれたいくつかの絵画を見ながら、何か重大な秘密を打ち明けるかのように祖父は落ち着いた様子で語りだした。

「被爆から2日くらいの写真（絵）ばっかだわな。これはな、描いたのは」

「うん」

「（1945年8月）8日だもん、これ。ほんでもよ、6日7日は（絵を描くことなんて）ようせんよ（でき

2015年8月11日。愛知県で行われた原爆絵画展にて（愛知県名古屋市）

ないよ」。もうキチガイみたいなもんだ、みんな。落ちついとれせんのだもん。落ち着いた人は、こうやって考えて、描いた。なかなかね、この絵まで描くと言ったらよっぽど落ち着いとる人だよ」

「じゃあ覚えてないの？」

「俺は、覚えとれせん。昨日になってから、ぼぉっと助けとるとこの夢を見て、びくっと起きた」

「そんな夢を見たんだ」

「うん」

「どんな夢だったの？」

「助けとるとこの夢だった。ぐぁあああって（負傷者を）持ちかかって、ほんでぽっと目覚めちゃって、消えちゃった。今まで、そんな夢なんて見たことない」

それは身体感覚を伴って、突然、夢の中でよみがえった。

祖父はそのときの身体感覚を生々しく物語った。

「やっぱり広島に行ってきたから？」

「うん。だで、みんな話さんの。夢に出てきたり、いろい

郵便はがき

料金受取人払郵便

名古屋中局
承　　認

9014

差出有効期間
2026年9月29日
まで

460-8790

101

名古屋市中区大須
1-16-29

風媒社行

注文書◉このはがきを小社刊行書のご注文にご利用ください。

書　名	部数

郵便振替同封でお送りします（1500円以上送料無料）

風媒社 愛読者カード

書　名

本書に対するご感想、今後の出版物についての企画、そのほか

お名前　　　　　　　　　　　　　　　　　　　　　　（　　　歳）

ご住所（〒　　　　　　　　　）

お求めの書店名

本書を何でお知りになりましたか
①書店で見て　　②知人にすすめられて
③書評を見て（紙・誌名　　　　　　　　　　　　　　　　　　）
④広告を見て（紙・誌名　　　　　　　　　　　　　　　　　　）
⑤そのほか（　　　　　　　　　　　　　　　　　　　　　　　）

＊図書目録の送付希望　□する　□しない
＊このカードを送ったことが　□ある　□ない

ろあるで。思い出して、出るで、嫌だでってな」

「でも、一回全部話しちゃった方が楽なんじゃないの」

「ほりゃあ楽だわ。楽になる言わしても〔楽になると言っても〕、まぁ、思い出すんだで」

「うん」

「なったことはなったんだもんだで、思い出して話すんだで、楽にはならせん。だで一応、身体の荷物が下りる。あんだけのことを喋るとな」

「うん、うん。その夢、おそがかった〔おそろしかった〕の？」

「おそがいもなにもわかれせん。みんな助けることに一生懸命で、そんな考えとる暇はない」

「でも、その夢を見てどう思ったの」

「ああいうこともあったんだなぁ、あそこでって。土地の名前もなんにもわかれせん、もう瓦礫の山んとこでやったんだなってことだけ思った」

「昨日の夢ってこと？　8月10日の夜に夢を見たの？」

「うん」

「目覚めたとき、どう思った」

「すぐ、覚めちゃった、ちょっと見ただけで」

私は2015年当時、平和記念資料館の2階展示室の入り口付近にあった、髪の毛がちぢれて逆立ち、衣服は焼け焦げ、皮膚が垂れ下がり、両手を前に出して歩いている男女の蝋人形を話題に出した。

「あの資料館に蝋人形があるけど、本当にあの通りだったの？」

「あの通りだよ」

「あれでもまだ美化されてる？」

「おお、あれを壊せって。新聞に出とったが、壊せって」

「壊してほしくない？」

「壊さん方がええが。あれは本当のことだもんだで」

「うん」

「ごまかして作ったるわけじゃないんだで。実際がああいうふうなんだから。あそこだけじゃない、全体にあったんだで。夏だもんだで皮膚を出しとる、それがだらけてまって〔溶けて垂れてしまって〕、こういうふうに……」

「このあいだ広島に泊まったときは、夢を見なかったの？」

「見いせん、見いせん」

「そのときは、なんともなかった」

「うん」

「帰ってきてから、そういう夢を見たの？」

「うん」

「初めて？　70年で」

「おお、初めてや。（広島へ）行ったもんだで、あぁ自分がおったとこ行ってきたんだなぁっていう頭で、まぁ、やれやれと思って……」

「うん」

「そう思っとった」

原爆投下後の状況を見てきた人は、広島に行くだけで死臭を思い出して体調が悪くなったり、フラッシュバックを起こしたりすることがあると聞いていたため、祖父から、この夢の話を聞いたとき、私自身も驚いた。この夢を見る前、家族でNHKのドラマ「戦後70年　一番電車が走った」を見ていた。このドラマは、原爆投下の翌日から路面電車の復旧に取り組んだ電鉄社員と運転士を務めた少女たちの実話をもとにしており、祖父の体験に直結する内容ではないが、ドラマ内で原爆投下直後の広島市内の様子が再現されていた。このとき祖父は、うつらうつらしながら目を閉じたりしていた。見たいような、見たくないような、複雑な心境だったのだろう。

広島を訪問した直後だったことに加え、ドラマ内で再現された瓦礫の山の中に、真っ黒に焼け焦げた遺体がゴロゴロと転がっている広島市内の様子が、祖父の救護活動中の情景を連想させたのかもしれない。私の見ていた限りでは、広島滞在中にこのようなフラッシュバックや、体調の変化が起こっている様子はなかったが、1日経って夢に出てきたようだ。この夢のことは私だけに語ってくれた。そして祖父はこの日以後、再びこの夢について語ることは一切なかった。

この対話の中で祖父は、「身体の荷物が下りる。あんだけのことを喋るとな」と語った。私に夢のことを打ち明けたことで、自身が背負ってきた重荷から解放された気持ちだったのだろう。祖父が過ごした広島で時間を共有し、ともに語り合ってきたことで、私は精神的にも祖父の経験を共有することとなった。

救護活動や遺体処理活動について深く聞こうとすると、祖父は声を荒げながら話したり、話題を逸《そ》らそうとしたりすることがあった。そのような祖父の様子から、私は深く聞くことを躊躇してしまっていた。しかしフラッシュバックを経験して以降、祖父は救護活動や遺体処理活動についても落ち着いた様子で語るようになった。フラッシュバックが起きたことを誰かに話すことは精神的苦痛を伴う可能性があるため、心の中にしまっておくこともできただろう。それでもあえて話してくれたのは、祖父の中にその経験を共有したいという思いがあったからかもしれない。祖父が夢のことを打ち明けたあと、私たちは救護活動中の詳しい様子について対話をした。とても長い時間話しこんだように感じたが、実際は30分程度しか時間が経っていなかった。私はこの対話に驚くほどのめり込んでいた。

「救護してるときは、気持ちが落ち着いてなかったっていうこと?」

「もうキチガイみたいにやらなかんで……。おそがいもこわいも、考える暇がないの。とにかく片づけなかんのやで」

「お祈りとかもしないの?」

「ほんなもん、せえへん。お祈りなんて、そんなことする人あらせん〔いない〕わ」

「涙も出なかった?」

「そんなもん出えせんわ。〝あぁ、気の毒だったな、やられて〟と思うだけであって」

「うん」

「とにかく命令通りに動かならんのやで。〝一服して休憩しよか〟なんてやれんのやで。〝お前はあっちの方行け、お前も向こう行け〟って割り当てられたもんだでな。それで、そうやって探すんだ。探すやつもあるし、倒れとる人を探して連れていかなかん。(救護所がある)場所へ」

「触るんだよね」

「そりゃ、みんな触らないかん」

「触ったとき、どう……」

「そんなもん、覚えとれせんわ」

「覚えてないの？」

「うん。命令でなんでもかんでもやらなならんで。やるだけであって、こわいだとかおそがいだとか、持てんとか言っとれんの。そのために行っとるんやで、助けに」

「初めて触れたときの感覚とかも、全くもう……」

「なもん、もう覚えとれせん。ただ、臭いのと……」

「臭いんだ……」

「臭いわさ。はらわたの飛び出た人もおるんやで。腸が出てまって。そういう人もおるし、そういうことのない人もおるし。いろいろあるんだで。頭やら、手とか目玉やら、飛び出てまってあらせんとか、そんな人もおったんやで」

「今、振り返ってどう思う？　当時のこと」

「えらい戦争してやったもんだなぁ、思うわさ。戦争さえなけりゃあ、ないんだもん、こういうことは」

「そうだね」

「こういう原爆っちゅう兵器があるとも思っとらんし。太平洋戦争でアメリカと戦争したもんだで、アメリカが早いとここれを研究したで、やったんだで」

「うん」

「支那（※当時、中国を日本ではこう呼んだ）とやったらまだ戦争しとるよ。アメリカが入ったから、原爆が落ちたから、もうやめたんやで」

「うん」

「天皇陛下がもうやめるって言ったんだで。それでもまだやると言っとったんやで、みんなは。ひとりになってまでも戦うって言っとったんやで」


当時「一億総玉砕」というスローガンがあった。国民には、「最後の一人になっても戦い続ける」という気持ちが強かったという。国家の重大事の際、天皇の出席のもとに行われる最高会議であった御前会議が長崎に原爆が投下された8月9日に開かれているが、そこで陸軍・海軍大臣が戦争の継続を主張するなか、昭和天皇はこの戦争をやめる決意を語った。そして8月14日に再び開かれた御前会議で、アメリカ、イギリス、中国が日本に無条件降伏を求めたポツダム宣言を受諾することが決定された。1941年、日本軍によるハワイの真珠湾奇襲攻撃により開戦した太平洋戦争は、数えきれない人々の命と心を犠牲にし、二度の原爆投下を招いた。その日から時を経ずして、1945年8月15日に戦争は終わりを告げた。


「救護活動している4日間〔5日間〕は長かった?」

「そんなこと考えとる暇ないな。とにかくもう、早くみんなで片づけて、病院へ連れてったり、手当をせなかんで」

「うん」

「えらい重労働やったぞ」

「ひとりでも助けたいっていう思いで」

「ほりゃ、そうだわ。だで、〝水ちょうだい〟って言われたって、水もやれんわ。やっとれん〔水をあげる余裕がない〕わ。そういう人より、まあちょこっと〔もう少し〕、怪我の少ない人な、そういう人んとら〔人たち〕を助けなかんで。〝おじさん、兵隊さん、お水〟って言ったたって、そんなもんかまっとれんわ」

「でも、それを振り払うときの思いは」

「しゃあないわ。やってかんっちゅうことになっとるんやで、水は。飲ましたら死んでまうで、やってかんって」

「しゃあないで片づけられるの」

「しゃあないわさ。命令だもん、飲ませたらいかんがや。命令だで、軍の。ちゃんと言われたんやで」

「逆らおうとは思わなかった？」

「できんできん。逆らったら憲兵隊に引っ張られてまう。処分されてまう」

「じゃあ、自分の身を守って」

「そりゃ守らなかん。言われたことしかやれんの」

「うん」

「軍隊っていうのは、余分なことはやれん」

「じゃあ、一回もルールを破ろうとは思わなかった？」

「できん、できん。『軍人勅諭』っていって、帳面にずーっと書いてあるんやで。捕虜になってもいかんことになっとるんやで。捕虜になったら死になさい、と」

1882年に明治天皇が下した『軍人勅諭』。それは忠節、礼儀、武勇、信義、質素の5カ条から成り、天皇への忠節が第一とされた。そして、軍の最高指揮権である統帥権は天皇にあると大日本帝国憲法で定められていた。そのため、当時、上官の命令に逆らうことは、天皇の命令に逆らうことであると理解された。祖父は「捕虜になったら死になさい」という教えがあったと語っているが、それは1941年に東条英機陸軍大臣が出した告示「戦陣訓」の中で、「生キテ虜囚ノ辱シメヲ受ケズ　死シテ罪禍ノ汚名ヲ残スコトナカレ」と書かれていたことを指す。それは当時の日本兵にとって必須の心得だったのだろう。


「そういうこと〔遺体処理や火葬〕に携わってて、どう思ってた？」

「どう思っとるとは？」

「どういう感情を抱いてた？　軍の命令でやらなきゃいかんってわかってても」

「やらならんで、やっとるだけだ」

「その裏で、なにか思ってなかった？」

「そんなことまで考えとれんわ。とにかく、一生懸命やらなかんでって。それ一本だもん。なんにも考えてない」

「今、それを振り返ってみてどう思う？」

「よくやったなと思うな。えらい〔しんどい〕のに」

「どういう意味でよくやったなの？」

「ほりゃ、こんなえらい仕事ようやったなあと思うわ」

「体力的にも、精神的にも」

「参っちゃうしね、臭いやらね、いろんな臭いがするんやで。焼けとるんだで、なにかが。全部いろんなもんが燃えた。その臭いがもたん〔我慢できない〕。よう体力がついたな〔もちこたえたな〕と思う」

「なんでできたんだと思う?」

「日本人の精神力で、やらなかんでと思って」

「日本人の精神力ってどういう精神力?」

「日本人は死ぬまで戦わなかん。身体一貫になって、どこをやられても、動かなかん。捕虜になってはいかんていう精神力」

「それは、そういう教育を受けてたから?」

「そりゃそうだわ。生まれてから全部だがや。学校から全部そういう教育」

「学校でなんて言われてたの?」

「軍事教練やっとるんだで、小学校でも」

「でも、疑わなかったんだ」

「疑えせん。誰も」

「じゃあ、ありのままに受け止めてた」

「そりゃ、そうだわさ」

「純粋に素直に受け入れてたの」

「ほりゃ、みんな学校で教えるもんだで。それ、覚えなかんがや」

「学校が教えることだから、正しいと思ってた?」

「そりゃ、なんでも正しいと思うわさ。国がつくった本だで」

祖父が兵隊としての任務を果たすために全精神、全体力を捧げた根底には、生まれてから受けてきた教育があった。幼い頃からの教育で、学校で教わることはすべて正しいと思い、疑うことをせず純粋に受け入れていたようだ。ある種の洗脳状態であったのだろう。教育の中で植え付けられた「日本人は身を滅ぼすまで戦い続けなければならない」という教えを必死に守ろうとしたことで、祖父の精神は麻痺したのではないだろうか。そういった状態は、当時だけでなく、今も完全には消えていないのがうかがえる。「もし憲兵隊がいなかったら」「もし罰則が無かったら」、命令に逆らっていたかと問いかけても、祖父からは「どのような状況であっても軍の命令には必ず従わなければならない」という答えが返ってくる。現在の対話においてでさえ、祖父には「もし」がない。

夢の話を聞いた4日後の2015年8月15日、70年目の終戦の日に、愛知県で開かれた原爆パネル展で、救護活動時についてどのようなことを見た記憶があるか祖父に尋ねた。


「なんかさ、ウジが黒くなって飛んでたって言ってたけど」

「(ハエになって)飛ぶわさ」

「飛んでた?」

「ウジがわくとこまでは見たけども、そんな飛んでくとこまで眺めとれえせん」

「でも、歩いてて〝あ、飛んでるな〟とかはないの?」

「そんなもの知らん」

(母)「そんな余裕がきっとないんだよね」

「とにかく、(負傷者を)集めなかんもん」

(母)「こういう暑い時期だから、ウジがわくのも早いし」

「(負傷者を)連れて来ると、もうウジがわいとるんやで。(パネルを指して)これもあれだろ、元安川じゃないんだろ」

「名前はわからない。川としか書いてない」

「元安川は、人間でもういっぱいで」

「元安川がひどかったの?」

「ひどいんだ。そこへね、みんなが寄った。そこの水を飲みに来たり、中へ入ったりしとるの。人間の上をのたって(はいずって)でも向こうへ着けれたの、道路へ。そのくらいおった(元安川にはそれくらい飛び込んだ人が多くいた)っちゅうこと。これは、まだまばらなの」


祖父は原爆投下直後の川の様子を描いた絵と、当時目の当たりにした光景を比較するように語った。元安川は広島市の中心部を流れる川のひとつで、原爆ドームの真横を流れ広島湾に注ぐ一級河川。原爆投下直後には、多くの人が水を求めてこの元安川に入ったという。


「もう目が麻痺する?」

「麻痺するって?」

「そういう光景を見すぎて、慣れてくるっていうか」

2015年8月9日。原爆ドームの真横を流れる元安川（広島県広島市）

「もう慣れてまうわさ。それだけ扱っとるんだもん。他のこと、全然考えられんのだもん」

「なにも感じなくなるっていうこと？」

「感じんわけないけども、嫌だと思うよ、やっとって。えらい〔つらい〕なぁ、こういうことがあって、こういうふうになって死ぬんだなぁと思うだけ。考えるも考えんも、もう無茶苦茶で頭も真っ白けだ。ただ、やるだけだ。こんながれきの山で探すんだから、まぁ、えらいんだで」

「こんながれきの中だったら、みんなそんなに生きていないんじゃない」

「ない、ない。もう無我夢中だわ」

（母）「こういう中に下敷きにもなってるし……」

「おる〔居る〕んだで、探さなかんのだもん」

「声が聞こえたりするの？」

「なもの、声する人あらせんわ」

（母）「もう一瞬でしょ。だって、こんな爆心地に近いんだで」

「こうなっとるんだで、お前。こんなとこで、生きとる人めずらしいんだよ」

「じゃあ、どうやって探し出すの？」

「普通ね、こういうものの下敷きになったら、いっぺんに死んでまうね。よっぽど（運の）ええ人は空気があった、隙間があったと、それで生きとったっていう人もおるかもわからんけど、そんなもん珍しいわ」

「そういう中でどうやって探すの？　声もしない中で、下敷きになってたら」

「下にもあるけどね、上にもよけおるんだで〔たくさんいるから〕」

「ああ……」

「だで、上の人をやらなかん。どけて助けるなんて、そんな暇はないの。上の人をまず片づけること」

「〝片づける〟なの？　救助ではないの、助けるではなく片づける？」

「救助だわ、救助」


これらの話題を表面的に語ることはこれまでにあったが、核心部分に触れるような語りを聞くことは、このヒロシマを巡る旅を始めるまでは決してなかった。私が今聞かなければ、祖父は決して話さないだろうという思いで踏み込んでいった。


「じゃあ実際、下敷きになってる人たちは助け出してもらえなかったってこと？」

「うん。もう目に当たった人だけしか助けれんの。ものすごくおるんだで。空襲解除になって出てきたところでやられたもんだから、ようけおるの。ふつうのときの倍おるんだで。こういうものの下敷きになった人を助け出すって言ったら、なかなかだで〔なかなかできない〕。1人や2人では助けられへんのやで。各兵隊はみんなバラバラだから、〝おーい〟って呼ばって〝あれやってくれ、これやってくれ〟って

（言っても）そんなもの、〝そんな下敷きになったやつはどうもならん〟って逃げてまう。まだ上を片づけなかんでっていうことだで。そういうふうだよ」

「そういう選別が行われてたんだ」

「そりゃそうだわ。下敷きになった人は、たいていだめなんだで。ほんなもの（身体にのしかかったものの）重みにあって」

「もう見捨てるってこと？」

「もう、ほとんど見捨てるんだわさ」

「心痛くないの？」

「そんなこと考えとったらいかんの。他人のことまで考えたら。〝水をくれ、水をくれ〟って言う人があっても、〝兵隊さん、水〟って言ったって、与えてかんって言われとるものを与えれんのやで」

「今になって後悔はしてない？」

「しゃあないわさ。やっぱり軍が言う通りに、水を飲ませたら死んでまうなって思って。やっぱり言われた通りだったなぁって思う」

「やっぱり助けてあげれば良かったとは思わない？」

「いや、あげたかったけども、そんな人ばっかおるわけじゃないんだから。そういう気持ちがあったって、1人や2人じゃないんだから。何千人、何万人だで、いっぺんにやられたのが。十何万人いっぺんにやられてまったんだ」

1人でも多く助けたいという思いがあったからこそ、ある程度の選別を行わざるを得なかった現実に、18歳の少年の心は一瞬にして引き裂かれたことだろう。それでも祖父たちは、そのような状況下で、最大限救護活動に取り組んだ。必死の思いで救護活動にあたっても、ちょっとやそっとで十何万人もの負傷者の命を救うことは叶わなかった。

祖父に後世に伝えたいことを尋ねると、祖父の強い思いを聞くことができた。

「じゃあ、今、後世に何を伝えたいの？」

「二度と、こういうことにならんようにせなかんわさ」

「うん」

「こういうふうにならんようにしても、原発があったらこういうふうになるんだよ。一発で。原発でね、向こうがミサイルをドンと飛ばしたらね、爆発するんやで」

「そうだね」

「それがいつ飛んでくるかわからんのだよ。それを防御して撃つのはアメリカだと言うけど、頼っとるけどアメリカだってわからん。撃てるか撃てんかわからん、やったことないんだで。……実際はわからんの、それが怖いの。今は日本は〔原発が〕ようけあるで。ばかばか〔何発も〕やられたら、日本人おらんようになるよ。だで、原発はあかん言うの」

祖父がこう語った2015年頃にかけて、北朝鮮は核実験、ミサイル発射を何度もくり返していた。核兵器や原発についてはさまざまな意見があることだろう。2011年には、たった一つの原発で事故が起きただけでも、大きな混乱と被害が生じている。もしも、また同じことが起きたら……。ここでの語りは、海兵団の一新兵として爆心地付近で救護活動を行い、入市被爆した祖父だからこそ切実に伝えたい思いなのだろう。

「俺は、新聞全部切り抜いて持っとる。今の時期が一番大事だで。（戦時中は）こういうものも全部、隠してまったんやで。全然発表もなんにもない。今は平和になったで、こういうこと（原爆パネル展）やれるけども。そんな時分はこんなものやったら、えらいこっちゃ。空襲でも、書けん、言えれんのだもん。今は言える、自由に」

１９４５年9月、連合国軍総司令部（ＧＨＱ）が、新聞の報道内容を統制するためのプレスコードを出し、事前検閲を行った。これにより占領軍にとって不利益となるような報道が規制された。もちろん、原爆についての報道もその対象となっていた。１９５２年4月、アメリカやイギリスなど連合国との間で結ばれたサンフランシスコ講和条約の発効によって第二次世界大戦は最終的に終結、日本は独立国に戻り、プレスコードも失効している。

祖父が大切だと思った新聞記事をスクラップしているのは、情報が自由に公開されている今だからこそのことだ。祖父の語りからは、自由に語ることができる世の中を当たり前に感じるのではなく、それができる環境に置かれていることに感謝し、積極的に声をあげていきたいという思いが伝わってくる。それは、そのような時代を知らない私たちに対する、どんどん胸の内を語り合ってほしいというメッセージともなっている。祖父は、戦争に限らずひとつひとつの出来事を過去の歴史であると捉えるのではなく、自分にとって身近なものとしてひとりひとりが知る姿勢を持ち、考えていく必要があると訴えたいのであろう。

ヒロシマを巡る旅を終えると、祖父はいつもと変わらぬ日常をおくった。

夏が過ぎると、原爆や救護活動について話題になる機会も減り、それ以降は、しばらくこうした対話をすることはなかった。祖父はこれまで通り、日課になっている新聞のスクラップを続けた。

私は大学院へ進学することを決め卒業論文の執筆に集中した。２０１６年１月、卒業論文が完成。祖父に一番に手渡した。その論文は今も祖父のかばんの中に大事にしまわれている。

ヒロシマを巡る旅Ⅱ　２０１７年の祖父と私の対話から

五色のお饅頭と原爆の光　―「今、思い出した」

２０１７年のヒロシマを巡る旅。それはある日突然はじまった。広島でもなく原爆関係の催しでもなく、自宅でのことだった。４月８日の夕食後、机の上に五色のお饅頭が置かれていた。母が買ってきたものだ。甘いものが大好物の祖父は嬉しそうに頬張った。そして突然、原爆投下時のことを語りはじめた。


「光はこう……」

「青、赤、黄だった？」

「うん、今、思い出した。はぜた瞬間が、赤、青、黄だったんだ」

「え、内側から？」

「ボーンっとはぜたときにだがや。やっと〔長い間〕あるわけでないわ。瞬間的にバッ、バッ、バッてこういうふうに変わったんだ。そういうふうになったんだ。今思い出してな」

「そんな光が見えたの？」

「光るわさ、落ちたときはバッと光る」

「それ、自分で見た記憶なの？」

「うん、今思い出した。これ」

「大竹から見えたの？」

「見えたよ」

「でも、朝礼中だったんじゃないの？」

「……外だもん。練兵場だもん」


原爆に色……？と思う人もいるかもしれない。白や灰色のきのこ雲の印象が強いからではないだろうか。調べてみると、祖父と似たような証言をしている例がいくつかあった。それらは、きのこ雲の部分部分に、さまざまな色がついて見えたというもの[*15]（『ひろしまの瞳』）。原子雲に色がついて見えたというのは、想像しがたいかもしれない。何人かの人々が目にしたと語る原子雲の色というのは、火球の中心温度の低下による化学反応によって生じた色が雲を通して見えたものではないかと推測されている。[*16]祖父は、爆心地から約30キロ離れた遠方にいたからこそ、そのような色を目にしたのではないだろうか。

こんなお饅頭がきっかけで……。ヒロシマの記憶は何気ない日常にも潜んでいる。そして、ふとした日常会話の中で鮮明に蘇った。

＊15　中国新聞社 10代がつくる平和新聞 ひろしま国　8．6探検隊　「(23) きのこ雲には色がついていた？」
http://www.hiroshimapeacemedia.jp/hiroshima-koku/exploration/index_20080128.html，２０１８年7月29日閲覧

＊16　中国新聞社 10代がつくる平和新聞 ひろしま国　8．6探検隊　「(23) きのこ雲には色がついていた？」
http://www.hiroshimapeacemedia.jp/hiroshima-koku/exploration/index_20080128.html，２０１８年7月29日閲覧

鮮明になる記憶　―「瞬間的だよ、色は」

「今年も広島に一緒に行こうよ」
「歩けるか（どうか）わからん……」

体力や体調の面で、自信がなさそうな祖父。それでも私は、もう一度一緒に行きたいという一心で祖父を説得した。大学院の研究の一環として再訪することが主な目的であったが、今回は母に加え、２０１７年２月から行われていた私へのラジオドキュメンタリーの取材もかねて、ＮＨＫの笹井さんも同行することとなった。笹井さんは私より2歳年上で、取材者としても個人としてもこのテーマに強い関心を持ち、広島へも行きたがっていた。

6月29日の広島は、警報が出るほどの大雨。翌日、祖父、母、笹井さんと名古屋から広島へ向かう予定だった。明日は大丈夫だろうか。

翌朝、新幹線は無事に動き、約2年ぶりの広島に到着した。天気は良くなっていたが、広島から大竹へ向かう電車は大幅に遅延していた。私たちは、ホームでダイヤが乱れた電車を待った。

しばらくすると電車が来た。「歩けるかわからん……」と言いながらも、祖父は名古屋から重たいリュックを背負ってきた。中に新聞のスクラップが入っている。わざわざ広島まで持って来なくても……、しかし、そこには祖父がその身から離したくない原爆や戦争、そして核に関する記事が詰まっている。私も２０１５年の旅以来、自宅で度々見せてもらった。電車の中でも祖父はそれらについて、熱く語っていた。そうこうしてい

2018年6月30日。大竹海兵団の烹炊所（広島県大竹市）

るうちに大竹駅に着いた。

終戦までは海軍の重要な基地であった大竹だが、戦後になると、瀬戸内海の臨海工業都市として発展し、経済の中心となっていった。大竹駅から少し離れたところにある大竹海兵団跡地も、現在は工場になっているが、烹炊所や、飛行機格納庫、滑走路は当時のまま残され、今も工場の一部として使用されている。

祖父は大竹海兵団があった地を踏みしめ、1945年8月6日の朝礼中に原爆が投下されたときの様子を振り返った。

「こっちに見えたの？」

「海の方におったで、兵舎の方見てた」

「右側に原爆が見えたの？　そのとき色がついてたの？」

「うん、七色な。瞬間的だよ、色は。赤橙黄緑青、ぐわっと」

「ここに来て何か思い出す？」

「建物がついとるで〔新しく建っているから〕、あんまり説明ははっきりわからんし、場所もわからんけど、ある程度のことはわかるわけ」

祖父は突然蘇った原子雲の色について再び語った。まわりの景色は変わってしまっていても、祖父の目には当時の情景が浮かんでいるのだろう。


「6日に原爆が落ちたとき、飛ばされた?」

「そうだよ、爆風で。ここで訓示を聞いとってね」

「みんな、飛んだの?」

「もう全部、全部全部。師団長まで(台から)落ちたもんで。すごいんだよ爆風が。はじめ地震かと思ったら爆風なんだよ」

「周りの人の反応は?」

「わかりゃせん」

「中断しなかったの」

「するよ、しゃべる人おれせんもんで。師団長は倒れちまって。台から落ちてまった」

「そのあとどうしたの。解散? みんな兵舎に戻るの?」

「うん」

「いつ原爆が落ちたっていう情報が入ったの?」

「原爆は、あくる日」

「え、あくる日にやっとわかったの?」

「うん。特殊爆弾ってな」

「軍隊にいてもわかんないんだ」

2017年6月30日。大竹海兵団跡之碑の前にて

爆心地から約30キロ離れたここ大竹でも、家の中にあった鏡台の鏡が落ちて割れたところもあったそうだ（『広島原爆戦災誌』）。祖父の語りは少々大げさにも思えるが、屋内でそれだけの状況ならば、屋外で立っていた祖父たちは倒れたり、飛ばされたりもすることだろう。実際に、広島駅から大竹駅まで電車で移動して距離感をつかんだあとだけに、原爆の威力がよりリアルに伝わってくるようだった。

72年前に祖父が原爆を目にした場所で、お饅頭がきっかけで思い出した記憶の再確認。この場で対話をすることで、蘇った記憶が徐々に鮮明になっていく。もちろんそれについて話すことは、悪夢がよみがえる不安や恐怖も伴うだろう。しかし、祖父は今、この場所で記憶の再構築ができていることに満足げな様子だった。

新たに語った遺体処理──「引き上げて処理したわけ」

約2年ぶりの広島訪問の2日目、7月1日。私たちは、ホテルから原爆ドームまで路面電車で向かった。祖父は手元に地図を広げ、窓の外を眺めていた。午前10時、すでにたくさんの観光客が原爆ドーム周辺に集っていた。

「この前さ、カッターでも救護活動してたって言ってたでしょう」

「カッターで何?」

「カッターで、救護活動、してたって」

「うん。カッターはカッターで、またやるわ」

広島に来る少し前、祖父は原爆投下後にカッター（大型手漕ぎボート）で救護活動をしていたことをボソッと話した。しかし、詳しいことは語らなかった。

「どこでやってたの、川?」

「宮島までは行かんけども、宮島と広島の間。爆風で飛んだ人を拾い上げたの」

「じゃあ、市内だけじゃないっていうこと?」

「市内じゃないよ。それはもうある一部の時期でしかない。ここ（広島市内）の救助終わってから行って、やったんだ」

「それは、いつの話？」

「翌日くらいだろ。カッターの練習に行ったのは」

「練習に行ったんだ」

「うん」

「翌日って、いつの翌日」

「ここ（広島市内）に4日か5日おったもんだで、それから帰って」

「どこに帰ったの？」

「海兵団に帰るんだがや」

「大竹に帰ったんだ」

「大竹に帰って、カッターの練習があったときに死体が浮いとったで、それを引き上げた」

「それ初めて聞いた」

「陸へ上げて、手でなぶれんでね〔触ることができないから〕、引っかけてね、船をこう、後ろへ漕ぐの。引っ張ってね、ここ（陸）まで持ってくるわけ。ほれで上へ上げる。それで腐っちゃう。ウジだらけ」

「それって地理的にどこになるの？」

「そんな覚えない〔覚えていない〕」

「広島と宮島の間？」

「うん。あの、瀬戸内海」

『広島原爆戦災誌』を見ると、大竹海兵団にほど近い旧佐伯郡小方村の海岸に漂着した遺体を引き上げ火葬したという報告もなされている。祖父は、原爆の爆風で吹き飛ばされた人が、広島と宮島の間の海で亡くなっていたと語っているが、爆風でそこまで吹き飛ばされたわけではなく、宮島の方へ向かう途中で、水を求めて飛び込んだ人々なのかもしれない。


「じゃあ、広島湾ってこと？　湾のところにもたくさん水死体があった？」

「そんな、むちゃくちゃたくさんはなかった。数十人しかおれせんわ」

「市内でも、海軍がカッターで川での救護活動をしてたっていうことだけど」

「やっとったとこもあるだろ。みんな部署によって違うでかんわ〔違うからわからない〕」

「それには関わってない？」

「うん」

「じゃあ、8月7日から11日までは市内にいて、12日に大竹に戻ったっていうことだよね」

「そう、戻って、カッターの練習に行ったの」

「カッターの練習に行ってるときにも、また救護というか……」

「そう。引き上げてこなかんもんだで〔引き上げてこなければいけないから〕」

「それで、宮島に行ったの？」

「うん。宮島に行った」

「13日くらい？」

「大竹に帰って、大竹から船出して、ボートで宮島へ行ったんだで。それで、15日に終戦になったんだで」

「大竹から宮島に行く間に、広島湾で……」

「そう。漕いでいくんだがや。宮島行かないかんで」

「で、そこでも（遺体を）引き上げた」

「そうそう。そこにあったやつを引き上げて処理したわけ。日数は経っとるよ、ほんだで」

「そうだね」

「だで、腐っちゃうの」


新たに明かされた爆心地付近以外での遺体処理。今まで祖父は爆心地付近のみで救護活動・遺体処理活動を行っていたとばかり思っていた。しかし、どうやらそうではなかったらしい。大竹と宮島の間の海にまで、原爆によって亡くなった人々の遺体が漂着していたことがわかった。私の問いかけもそうだが、広島という救護活動を行った場所が祖父の記憶を呼び起こすのだろう。私はここ広島で、2015年の旅では知ることができなかった、祖父のもう一つの物語に遭遇した。

強くなる思い――「自分の歩いたところを、ここだって思い出したい」

昨日の朝の空模様から一変して、原爆ドーム周辺には青空がひろがっている。祖父は、前日の疲れを見せることもなく、自らの足で原爆ドーム周辺を歩いた。

2017年7月1日。原爆ドーム前の祖父と私（広島県広島市）

「（路面電車の中で）地図を見ていたのは、当時自分がどこにいたかを確かめるため？」

「だけど、（当時は目印にする）ものがないもんで、目標にするものがないもん」

「でも地図を見たいってことは、当時どこにいたかを知りたいの？」

祖父は救護活動中、爆心地付近にいたことは確かだが、広島出身ではないため土地感がなく、あたりは焼け野原でがれきの山だったため、自分が救護活動を行った具体的な場所がわかっていない。

「うん。足取りをな、どういうとこを歩いたかって足取りをな、勉強したいなって」

「どうして？」

「どこ行ったかわからんもんで。そこをいっぺん見たいなって、自分の歩いたとこを、ここだって思い出したい」

「でも、思い出すのは怖くないの？」

「怖くない、怖くない」

「2年前でもそうしたかった？」

「だんだんな、だんだん忘れてまうから復活したいなって」

「だから、あんなに外を見てたの？」

「勉強してたんだ。何かあった、何かあったって」

「それはタクシーに乗るのとは違うんだ。（車内放送によって現在地を把握しながら移動できる）路面電車だから」

「ちがう。（そして）歩いてみないとわからんもんな」


自分の足で歩く、そして記憶をたどる。祖父にとって、全身を使ってヒロシマを感じ取り、それについて対話することに意味があった。祖父が使う〝勉強〟という言葉。その言葉には、単に記憶を蘇らせたいという思いだけでなく、原爆投下という歴史的出来事の中で自分自身の個人的な経験を捉え直し、記憶を再構築したいという思いも含まれているのだろう。

言葉にならない胸の内
―「そんな悠長なこと言っとれんわ。薄情だけども」

再訪した平和記念資料館は前回とは少し違っていた。東館はリニューアルされ、本館は改装中だった。展示室に入ってまず目に入る、被爆した人々の様子を再現した蝋人形はすでになくなっており、最新の技術を駆使したモノトーンの展示が中心となっていた。そのような展示を見終えると、リニューアル前に展示されていたものが少し残されている一角があった。


「あ、あの展示覚えてる?」

「何の展示?」

「これ。2年前に」

「ああ、これか」


それは、被爆によってボロボロになった衣服をまとった2体の人形。祖父はそのときのことを覚えているだろうか。


「これを見たときに、救護活動のことを語ってくれた」

「兵隊か、これ」

「救護活動しているときに助けた人はこういう感じだったんだぞ、って話してくれたと思う」

「学生だろ、これ」

「うん、学生だと思うけど。中学生じゃないかな」

「中学生だ。こういう服だわさ、ボロボロで焼けて。まだ服着てるからええけども、ふつうは(焼けてしまって)服きとれせん(着ていない)よ。裸だよ、すっぽんぽんだよ。そういうところ、みんな知らないで、実際はあれよりもひどかったんやで。裸なんだ」

「うん。どうしてこれを見たとき、それを語ったの?」

「身体焼けてまっとる〔しまっている〕んだ、死んでまっとる。服がこういうふうにボロボロになったってことなんだ。服だけ脱がして、人間は燃やしちゃって片づけたんだ。こういう服を着とったんだよと、学生が。原爆に遭って、焼けて……」

「どうして、これを見たときに救護活動のことを思い出したの？　2年前のことだけど」

「……」

「今はなんとも思わない？　これを見ても」

「だってこれは被爆でもちょっと離れた場所じゃないかな。直接なら燃えてまって、何もないんだで。これが残ってるってことは、ある程度離れとったところ」


耳が遠いからだろうか。答えたくなかったのだろうか。答えることができなかったのだろうか。きっと胸が詰まる思いだったのだろう。興奮気味で早口になっていく祖父の口調。記憶を蘇らせたいと語る一方で、72年前に自分自身が行ってきたことと向き合うには大変な困難を伴う。そんな祖父の様子を目の当たりにした。


「相当やられてはおるけども、どのくらいの距離だってことはわからん。爆心地に近いところじゃないと思う、これは。ちょっと離れたところ」

「ここまでちゃんと服を着てる人を助けた記憶はないっていうこと？」

「あるよ。座っとる人はな、ドラム缶の中に入れる」

「座ってる人はこういう状態なの」

「座ったり寝転んだりしとるわさ、みんな。格好に関係ない」

「そういう人は裸じゃなくて、服はまだ着てた?」

「うん、着とる人もあるわさ」

「そういう人をドラム缶の中に……」

「入れた。で、ドラム缶の中は松根油って油(が入っていた)。飛行機を飛ばす油。ふつうの油はもうないの、日本には。松の木を焚いて油をしぼってそれを燃料にしとったんだ。それに人間を入れる、油で治るっていうから入れただけ。入れたら出しちゃいかんよって、そんな手間がないんだで。入れたら入れっぱなし、次の仕事があるんだからっていうことで。そういうふうなんだ。下におった子どもでも虫の息で、兵隊さん、兵隊さんって引っ張るんだ。水、水って」

「足を引っ張られるの?」

「引っ張るわさ、水が欲しいもんだで。そばに行くもんで。で、だめだめだめって。与えれんで。与えちゃいかんって言われたんだで。水槽の水をこうやって飲んどるところの写真があるだろ、ああやって勝手に行くやつはしゃあないの。けど、俺らから水をやるわけにはいかんの」

「その、水をあげなかったことに対しては……」

「いや、やったほうが良かったなって思うよ。末期《まつご》の水だでな。死ぬときにみんなもらうだろ、水を。どっちみちいかんもんで、水飲ませたったら良かったなって思うけど、命令だでやれんの。見とってね、知らんふりしとる。だめだめって。そんな人はもうね、虫の息だから。病院連れてっても、連れていくまでに死んでまうで放りっぱなしなの」

2年前の旅では、水をあげなかったことは「命令だったため仕方がなかった」と繰り返した祖父。しかし今は、「水をあげれば良かった」と語る。対話を重ねる中で、少しずつ祖父の思いが変容していく。

「それは何で判断するの？　あの人は連れていく、連れていかないっていうのは」

「自分の判断だ、そういうふうに言われたんだもん。これならまだね、どうにか連れてって治療する価値があるかなとか、これは虫の息だで連れてったって価値がないって、各自の判断でやるだけ」

「価値がない」。冷たい言葉のようだが、その一言が、そのときの祖父の麻痺した心を生々しく物語る。

「その判断は、どこでしたの？」

「自分とこの（上官に）言われたことを基準にして」

「なんて言われたの？」

「死に絶えて息がないものをやったってしゃあない。もっと他の人を助けなあかんって」

「もっと他の……」

「そりゃかわいそうだよ、考えたら。価値がない、薬もないんだもん。そんな人に飲ませる薬があったら、もうちょっと健康な人なら薬飲ませりゃ助かるかもしれんってこともあるんだで。九分九厘だめな人は医者だって手出せへんだろう。それと一緒なんだ」

「それに対する違和感とか、反抗とかは」

「違和感なんて考えとれんわ。そんな悠長なこと言っとれんわ。薄情だけども」

突然原爆が投下され、これまで体験したこともない極限状況に置かれた人びと。その多くが、そのとき一切の感情を失ったといわれる。祖父もまたその一人だったのか。

直面した「二世」「三世」——「それはまた、次は次の時代だわさ」

7月2日。2年ぶりの広島訪問の最終日、この日は祖父が終戦を迎えた宮島へ向かった。実はこの前夜、私たちは三世代で、笹井さんからインタビューを受けていた。そこで被爆「二世」、「三世」という話題が出た。私は違和感を率直にぶつけた。「三世」は私の代名詞ではない。もちろん、大学4年生のときに自分が「三世」という括《くく》りに入るということに初めて気づいたことは確かだ。しかし、取材の中で繰り返された「三世」という言葉は、私にとって得体の知れないものだった。「三世」は私が負わなければならない使命なのだろうか？　当然受け入れなければいけないものなのだろうか？　「三世」というものを否定しても、祖父と私のつながりを否定することにはならない。私は「三世」という言葉を拒絶した。祖父も嫌悪感を示した。私の戸惑いも懸念していたのだろう、祖父は笹井さんが多用した「二世」や「三世」という言葉に疑問を投げかけた。

悪気などなく、何気なく使われた「二世」「三世」という言葉。これについて家族で話したことは2015年の広島平和記念資料館での会話以来、全くなかった。インタビューの途中、祖父はこの言葉を聞いて黙り込んだ。職人気質のせいか、一度機嫌を損ねるとなかなか直らない。最終日はピリピリした空気になってしまうだろうかと、私は内心ヒヤヒヤしていた。

しかし翌日になると、私が心配していたほど祖父は昨夜のことを引きずっているようには見えなかった。午後3時すぎ。約2年ぶりの広島訪問も終わりを迎えようとしていたときのこと。私たちは、宮島口駅から広島駅行きの電車に乗り込み、4人掛けのボックス席に座った。

ピィーーー！

警笛が鳴り響くと、ゆっくりと扉が閉まった。

「大竹さよなら。宮島さよなら」

祖父もご機嫌な様子だった。私たちは、そんな祖父をあたたかく見守った。

「また会う日まで」
「また来る気なのね」
「わからん。こうやって来れたで、幸せだなと思って」

〝幸せ〟。その言葉にすべてが詰まっている。

「どうだった、この3日間」
「もう疲れたわ」
「何がいちばん印象的だった」
「俺は、あの七色の色が思い出せたのは良かったな」

2017年7月2日。宮島から大竹を眺める祖父（広島県廿日市市）

「やっぱり、そこなんだ」

「あの、なくなっちゃったとこ〔平和記念資料館に展示されていた蝋人形〕な。まぁ、なくなった方がかえってええかもわからん」

「どうして？」

「あんまりあると思い出すだろ、みんな。今の子どもにあれ出したってわかりゃせんもん。自然に消滅してまった方がええわ。そう思う。そりゃ、東北の子どもがだな、菌だとか、金持ってこいとかよ、補償金もらってるで持ってこいとかっていじめられて。で、子どもは犠牲になって自殺しちゃって……。あれ気の毒だよ。被害者だもん、惨めだよあれは。原爆ドームが国宝みたいになってまったわ、世界遺産で。あれも、あんまり長く置いたってよくはないなと思うな、わしは」

（笹井）「忘れられても？」

「うん。ぽっとしてまった方が。広島としては儲からんな、人が来んで。わしらみたいなのは、かえってなくしちまえばはっきりする。昨日の夜そう思った」

「でもそれだと、これから核の危険性を伝えていくうえで、本当の恐ろしさが伝わっていかないんじゃない？」

「それはまた、次は次の時代だわさ」

１９９６年にユネスコの世界遺産に登録された原爆ドーム。すっかり「原爆ドーム」という名が定着しているが、もともとは、１９１５年に広島県物産陳列館という名で竣工されたもの。チェコ人の建築家によってバロック様式で設計された。県内の物産品の調査、展示に加え、博物館・美術館の役割も果たす広島の文化振興の場であった。21年に広島県立商品陳列所、33年には広島県産業奨励館と改称され、原爆投下時は広島県産業奨励館として知られていた。今、そこには日本だけでなく世界各地から観光客が集まってくる。

そして、２０１１年3月に起きた東日本大震災と福島第一原子力発電所事故以降、福島から各地へ避難した児童生徒がいじめに遭っている問題。子どもたちが避難先の学校で「放射能がうつる」「菌」と悪口を言われいじめられたり、交付された賠償金をたかられたりしたというニュースが連日流れた。中には自ら命を落としてしまう事件もあった。文部科学省の調査によると、それ以外にも、避難先で「放射能」「福島原発」と呼ばれたり、「放射能がうつるから近づかないで、こっちに来ないで」などと言われた子どもたちがいたという。[*17]この ことを祖父は、自分自身の経験と関連づけて気にかけていた。被爆したがゆえに受けてきた偏見や差別と、今、福島から避難したというだけでいじめにあっている子どもたちの問題はよく類似していると。「放射能がうつるから近づかないで、こっちに来ないで」という言葉が、広島・長崎で被爆した人々が受けてきた偏見を思いださせる。原爆で被爆した人々もかつて、「触るとうつる」「私たちまで被爆者になってしまうから近づかないで」と言われたことがあった。もちろん、これは根も葉もない噂から生じた偏見である。放射能が人から人へとうつるはずがない。

（笹井）「僕は昨日の夜、「二世」とか「三世」とかそういう言葉を使っちゃったんですが、浩さん（祖父）としては、そういうのは言われるのも嫌って感じですか？」

「そういう話が出るとは思わなんだ。わしらも、自分が生まれて持ってたのとは違うんだから。国の犠牲になったんだから。ね。だから、そういうもの〔二世・三世〕を聞かれると難儀だな」


祖父はこの日、何度か「わし」という一人称を使っている。「わし」は家族以外に対して用いる一人称だ。マスメディアは社会に対して大きな影響力を持つ。祖父は、それに関わる一人でもある笹井さんに向けて語っていた。


取材の途中、私と笹井さんはこんな対話をしていた。

「「孫」と「三世」って違うんですか？」

純粋に投げかけられた疑問。生まれてからこれまで、ずっと祖父の孫でしかなかった私の目の前に突然「被爆三世」というものがあらわれた。この質問を投げかけられるまで、その違いについて考えたことすらなかった。私は、ただ漠然と、生まれたときからの命のつながりとしての「孫」と、突然外から入って来た「三世」というものを別物として捉えていた。誰もが誰かの孫であるように、私も祖父の孫であることに変わりない。けれども、祖父が広島で被爆していることを知っているからといって、自分が「被爆三世」であるという認識には必ずしも至らない。うまく言葉で説明できないけれど、私にとって、「三世」には「孫」にはないなにかモヤモヤしたイメージがついている。

「「三世」という言葉をやめてと言っても、私はおじいちゃんの孫なのだから、それで別に何も問題はない気がする」。私はとっさに笹井さんに向かってそう言っていた。「こう言われるとすごいハッとするんですけど、「孫」も「三世」も、正直同じつもりで使っていた」と笹井さんは言う。正直な思いを打ち明ける中で、「孫」と「三世」に対する私と笹井さんの認識のズレを対話が紐解いていった。

そもそも、私は、「三世」という以前に、ひとりの人間としてこのテーマに向き合ってきた。今もそうである。〝「三世」だから〟取り組むべきテーマだとは思っていない。むしろ、そのような枠組みを取っ払い、立場を限定することなく、さまざまな人々へと広く開かれていてほしい。特に私の暮らす愛知県では、広島や長崎で行われているような原爆に関する充実した教育はない。きっと私の「孫」と「三世」への認識は、広島・長崎で暮らす人々の認識とも少し異なるだろう。私が抱くこうした「三世」への疑問は批判の的になることもあるかもしれない。それでも私は、自分を「三世」というものに縛りつけず、そして、まわりから縛りつけられることもなく自由でいたい。他者の考えや世間の声を受けとめつつ、まずは自分自身と向き合い、それから答えを模索していくのもひとつの方法だと思う。「孫」と「三世」、このテーマについては、これからゆっくり見つめていきたい。

「昨日のインタビューで「二世」とか「三世」って言葉が出たのは、別に差別するような意味とか押しつけるような意味で言ったわけじゃなくて、メディア側としても引き継いでいかないといけないと思って言ったんじゃないかと思って。そこをそんなにマイナスにとらえなくていいんじゃない？　確かに私も「二世」とか「三世」は嫌って言ったけど、そういう意識で言ったんじゃなくって――。それでも「二世」とか「三世」とか言われるのが嫌だったの？」

「「二世」「三世」ってうつるとか言ってデマが多いんだもんな、みんな。それにみんな乗ってまったんだもん。それで、空気伝染でうつるとか、手を握ったらうつるとか、それみんな、デマなんだもん」

（笹井）「どうしてデマがそうやって広まったんですかね」

「いや、知らん。そういうデマが飛んだんだもん。それをみんな真に受けたんだもん。（一部の）被爆者は（被爆者健康）手帳をもらわなかったんだ。手帳を持ってると子どもが結婚するときに禍《わざわい》になるといかんで。（手帳を）取れば「被爆者」と言われる。ほんで、もう自分とこの子どもも片付いてしまってから、手帳を取った人が多いんだで。昭和50年とかに手帳交付された人が多いんだで」


個人としては記憶を蘇らせたい。風化させたくないという思いも根底にはある。自分たちのことも原爆ドームもなくなってしまえば良いと心から思ってはいないだろう。しかし、「二世」「三世」、自分の家族、孫の世代へも影響を与えかねない問題となると話は別だ。これまで被爆しているというだけで、根も葉もない噂により、差別を受けたり偏見を浴びたりした人々が多くいた。それをおそれ、被爆した事実を隠し続けた人々もいた。放射能による一次被害にとどまらず、偏見などの二次被害までもが生じてしまった。原爆ドームも被爆者もいっそのことなくなってしまった方が良いのではないか――、打ち明けられた複雑な思い。そして、それは現在の問題にもつながる。90年以上生きて、それらを肌で感じてきた祖父からの警告、「次は次の時代だわさ」。決して考えを押し付けようとしてはいない。むしろ、私たちひとりひとりに考えることを委ねている。

＊17　文部科学省　原子力発電所事故等により福島県から避難している児童生徒に対するいじめの状況等の確認に係るフォローアップ結果について（平成29年4月11日現在）
http://www.mext.go.jp/a_menu/shotou/seitoshidou/__icsFiles/afieldfile/2018/08/17/1405633_002.pdf　2018年9月24日閲覧

ひかり――家族をつなぐ

2017年8月6日、祖父は例年通り午前中に平和記念式典のテレビ中継を見ると、午後はラジオを聞いて過ごした。そのラジオは、NHKラジオ第一で放送された「23歳のICレコーダー　ヒロシマを巡る旅」。広島・長崎で被爆した人々との対話を続ける私のドキュメンタリーだった。その中には、原爆をめぐる体験や複雑な思いを語る祖父も出てくる。祖父は、自身の体験をこれまで詳しく語ろうとしなかった理由をこう打ち明けた。

「この70年間全然しゃべったことなかったもん、そういう話は。自分の身体の中、腹の中に入れたままでおしまいにしとった。わしの親にも話してなかったんだから、そういう話は。原爆の話はね。思い出すのも嫌なんだもん」

「奥様には?」

「内緒」

外出先から帰ってきた祖母は、祖父を見ると涙をこぼした。祖母は車の中でラジオを聞いていたらしい。祖母は、以前から祖父の詳しい体験を聞きたがっていた。祖母は祖父の手を強く握りしめた。祖父は、そっと祖母の隣に寄り添い、背中に手をまわした。私は祖母が涙を流すとは想像もしていなかった。その涙は、祖父の複雑な思いを知ってあふれ出たものだろう。

２０１５年から始めた祖父との対話。思い出すのも嫌だと語っていた祖父だったが、孫である私の問いかけに少しずつ口を開いていった。2年に渡る祖父と私のヒロシマを巡る旅の一部がラジオ・ドキュメンタリーになり、6年前の脳出血を機に、今までのようにことばを話すことができなくなった祖母のもとへも届くこととなった。

そして、２０１８年5月。私は祖母も含め、家族で再び広島を訪れる機会に恵まれた。

祖父は、広島平和記念資料館の展示を前に祖母に語りかけた。

私との対話から始まり、いま、祖母には伝えてこなかった物語の空白までもが少しずつ埋められつつある。

ともにつくりあげるライフヒストリー

祖父にとって自身のライフヒストリーを語ることは、自分の人生を見つめ直し、さまざまな出来事や心情を再認識・再発見することとなった。当時18歳の少年だった祖父にとって、太平洋戦争は、人生におけるすべての精神を捧げて懸命に取り組んだ事柄であった。太平洋戦争と、それらを通した経験を個人がどのように捉えるのかは、さまざまである。ローカルな歴史である祖父のライフヒストリーをたどることにより、教科書には書かれていない、歴史を多面的に理解していく上での新たな視点を提示することが可能となる。本書では、入隊して数カ月しか経たない海軍の一新兵の目に一連の歴史的出来事がどのように映っていたのかが、生々しくあらわれた。それにより、祖父の視点から見た軍隊生活、原爆投下、救護活動・遺体処理活動の実情が浮き彫りになった。

そして、当時18歳の少年だった祖父の視点に立ってみると、普段は見落としがちな大切なことに気付かされた。祖父は私たちが想像するような学生生活を過ごしておらず、軍隊での生活がそれに代わるものであった。「今みたいな、こんな神様みたいなええときはないぞ」と祖父は語ったが、18歳の少年からすると、当たり前のように学生生活を送り、好きなことを学び、好きなことに取り組み、自分の意見を発することができるこの自由な時代、そしてそんな環境にいる私たちがうらやましかったのだろう。それは、同時に、私たちに大切にすべきことを訴えかける強いメッセージにもなっていた。ヒロシマを巡る旅を通して、自由に話すことができる今だからこそ、被爆や戦争を体験した人々とともに語り合うことができるということを実感した。

けれども、このように語り合うことができる環境が整いつつある一方で、被爆や戦争を体験した人すべてが体験を語ることに積極的なわけではない。共同通信が2018年7月に公表した被爆者アンケートの結果には、1450部の回答のうち、その約6割が未だに被爆体験を語っていないということが述べられていた。そして、被爆体験を語っていない理由のひとつに、「あの日のことを思い出したくない」という理由が挙がっていた。

祖父が救護活動の核心部分に触れる話題を避けたり、夢のなかでフラッシュバックを経験したりしたように、極限状態での出来事は心の傷となって何十年も残り、忘れた頃に再び蘇ってくることがある。そして、その心の傷は言葉にならないと言われている。旅の中でも、祖父の語りや様子から、そうした側面が浮かび上がった。

一方で祖父は、言葉にならないものを、オノマトペや身体感覚を用いて徐々に語り始めるようになっていった。実際に祖父が当時の記憶を再体験した際にも、当時の身体感覚までもが生々しく蘇ってきており、それについて私に打ち明けている。

突然、原爆が投下され、これまで経験したこともないような極限状態に置かれると、多くの人々が感情を失ってしまった。どんな光景を目にしても、どんな行動をしても、なにも感じなくなってしまった。しかし、そのような状況であっても、身体感覚を通して捉えた記憶は祖父のなかに深く刻み込まれているようだった。極限状態にあったからこそ、身体感覚がより研ぎ澄まされていたのかもしれない。

そして本書の旅の対話の中でそのような身体感覚が徐々に言語化されていった。オノマトペや身体感覚は、言葉にならないものを言語化する重要な一助になっているように思う。心の傷に向き合う際、精神的側面だけでなく、身体感覚にも着目する必要があるのかもしれない。

こうして祖父がこれまで心の奥にしまっておいたことを語るようになったことには、祖父と孫という関係も影響しているだろう。特にフラッシュバックという記憶の再体験に直面したときのことについては、生まれたときからこれまで祖父とともに暮らしてきたという親密な関係性があったからこそ、私に教えてくれたのかもしれない。家族の話・結婚の話に関しても、他人ではなく孫という立場であったから、聞きやすかった部分がある。祖父と孫という関係であったからこそ、太平洋戦争、原爆投下という歴史的出来事は、決して過去のものではなく、命を繋ぐという形によって現在にまで及んでいるということに気づくこともできた。

しかし、孫という立場だけでは聞くことができなかった語りもある。私が、祖父の話を心から聞きたいと思い、好奇心を持つという姿勢をとり続けたことと、同時に祖父も自身の体験を伝えたいという強い思いを抱いていたために、新たな物語に入っていくことができた。私に対してではなく、私とともに語り合うことで会話の領域が拡がり、自由な会話が展開されるようになっていった。そのなかで祖父は自分自身の体験を大きな歴史的枠組みの中で相対化し、自分自身の体験を捉え直す新たな視点を獲得していった。

本書の軸が「旅」であったように、単に対話をするというだけでなく、実際に祖父とともに広島へ赴き、平和記念資料館、救護活動が行われた場所、海兵団の跡地、訓練を行っていた場所などを訪ね歩き、愛知県でも原爆絵画展や原爆パネル展などさまざまな場所へ足を運んだ。これらの空間で対話をすることが、祖父の多くの記憶を呼び起こした。それだけでなく、祖父は自ら積極的に全身を使ってヒロシマを感じ取り、それらを記憶のなかに取り込もうとしていた。そんな祖父とともにめぐったさまざまな地で語り合うことで、私自身までもが全身を使ってヒロシマを少しずつ感じ取ることができるようになった。これらは、本書の特徴でもあり、ヒロシマを巡る旅の重要な要素となったように思う。

これらを通して、祖父が自身の体験を徐々に客観視できるようになったことで、結果的に70年間背負ってきた重荷から解き放たれるというような癒しを祖父にもたらし、いまだ語られていなかった祖父のさまざまな物語に出会うことができた。

祖父のライフヒストリーは、祖父と私の二人三脚で作り上げたと言って良いのかもしれない。それは、２人でともに時間を刻んだ生きた歴史であるからこそ価値があり、より身近なものになる。そこにローカルな歴史を祖父と私の対話の中で拾い上げていくことの意義がある。

ここまで書き終えるまで、耳を塞ぎたくなるような体験をした祖父のライフヒストリーに、果たして私が向き合っていけるか不安もあった。しかし、そんな不安は不要で、私自身が祖父の語りにのめり込み、私自身も癒されていった。気づかぬうちに祖父の物語の中に入り込み、私自身にも跳ね返ってくるものがあるところが、対話を通してライフヒストリーを再構築する面白さなのかもしれない。私がいまだ語られていない物語を探ろうとすることで、祖父の物語は空白が埋められ、より詳細になり発展していったのである。祖父のライフヒストリーは、祖父と私がともに語り合ったからこそ、その相互作用の中で生み出される新たな物語となり、二重の自叙伝となった。

しかし、この二重の自叙伝は未完成なままであり、祖父のライフヒストリーはこれで完結したわけではない。祖父の記憶を蘇らせたいという思いと、家族へ影響を与えかねない「二世」「三世」の問題を考えると風化を願ってしまう思い。そして、私の「孫」と「三世」への認識。祖父と私は今も揺れ動いている。語りによって構成される歴史は、語りが続けられ空白が埋められていく限り、さらに発展し、聞く側にとっても理解が深まる可能性を秘めている。そして、このヒロシマを巡る旅は、母や祖母までも巻き込み、家族をも繋げていく。祖父と私のヒロシマを巡る旅、そして物語はこれからも続く。

出発点にかえって

この旅の節目に、どうしても会いに行きたかった人。ユーディットさん。私に、ここまでこの研究にのめり込むきっかけを与えてくれた人である。大学3年生のあのとき、低いモチベーションで悲惨な点数をとっていなかったら、きっとヒロシマを巡る旅ははじまっていない。祖父の体験を綴った救済レポートを読んで驚いたユーディットさんは、その直後に祖父にインタビューを行っている。私と母もそれに同席した。オーストリアの人までもが原爆に関心を持ってくれていることが祖父にとっては嬉しいことだったようだ。ユーディットさんの帰国後、日本とオーストリア、距離が遠く離れてからも、お互いに気にかけメールやテレビ電話で連絡を取り合っていた。ユーディットさんは、私たちをよく知る人でもある。2018年1月、私は広島・長崎で被爆した人々をテーマにした修士論文を無事に提出し終えると、ウィーンまでの航空券とホテルを予約した。約3年ぶりの再会となる。日本出国2日前、1通のメールが届いた。それはユーディットさんからの思わぬ依頼だった。私にインタビューをしたいと。もちろん私は喜んで承諾した。

個人的に訪れた2014年12月以来のウィーン。澄んだ空気。見覚えのある街並み。2018年2月20日。ホテルの窓の外を見ると、うっすら雪が積もっている。ウィーンに来てはじめての雪。ロビーで待っていると、あたたかそうなマフラーと帽子を身にまとったユーディットさんがあらわれた。「あなたが来る1週間前は、春が来たかのように暖かかったのよ」とユーディットさん。この日行われたユーディットさんによる私へのインタビューを雪が包み込んだ。

昔ながらの喫茶店。ビリヤード台やチェスが置かれている。音楽もなく、落ち着いた雰囲気の店内は、インタビューにぴったりの場所だった。私は、ウィーンに来て以来お気に入りのメランジェを注文。考えてみれば、ユーディットさんと日本語ばかりで深く語り合うのははじめてかもしれない。普段は英語と日本語が混じり合う。いつものんびりとした語り口の私が、ユーディットさんにしっかり伝わるよう、さらにゆったりと話す。ユーディットさんの手元には、あのとき私が書いた救済レポートがあった。なんだか恥ずかしいような嬉しいような。


「あの、由依さんにとって、今までの研究はどんな意味でしたか。どんな体験でしたか」

「うーん。自分を見つめ直す体験だったと思います」

「それはどういう意味ですか？」

「自分自身を改めて知るための研究でもあったかなと思います。人生のなかで一度はちゃんと向き合いたかったテーマだったので、今の自分にとっても大切だし、これから何十年か経って、お母さんになったりおばあちゃんになったりした自分にとっても、振り返ってみて大切だなって思えるテーマでもあり、研究でもあったと思います。そのなかで、自分を改めて知って、考え直し、また発展させていくことができたし、これからもできるんじゃないかなと思っています」


そして、当たり前の日常を過ごせていることが純粋に嬉しく思うだけでなく、祖父が入市被爆して、体調があまりよくなかった時期を乗り越えて、母に命がつながり、私にも命がつながったことに、感謝するようになった。その命の繋がりを、より感じるようになった。私自身が「三世」にあたると知ったときは、ややネガティブな印象もあった一方で、祖父を含め私が聞き取りをしてきた広島・長崎で被爆した人々は、苦しみながらも、前を向いて、イキイキとアクティブに生きているように私の瞳には映っていた。そんな姿は、私にとっても励みになっていた。これからも、お互いに元気を与え合いながら、私も、前を向いて生きたいと思っている。


「やっぱり、家族、お母さまも、はじめてそういう話を聞いたでしょう?」

「はい。母は、全く今まで聞いたことがなかったので、ただ話を聞くだけではなくて、一緒に広島に行って、おじいちゃんがいた場所で、おじいちゃんから話を聞くことができたというのがよかったと言っていました」

「あと、親しくなりましたよね」

「そうかもしれないですね」


ユーディットさんが問いかけたように、家族の関係もより深まったのかもしれない。そして、この家族へのひろがりにとどまらず、さらに多方面へと波及していくこともあり得るだろう。

「あたたかいうちにメランジェを」とユーディットさん。私は、気づかぬうちに、ユーディットさんとの対話に夢中になっていた。メランジェを口にする。優しい味が心を落ち着かせる。

「この修士論文で、このような研究は終わったんですか」

「今のところ、次の論文を書く予定は決まってはいないんですけど、こうやってお話を聞いて、録音して、文章にするっていうことは、これからも続けていきたいとは思っています」

「今後どのような研究をしたいですか。関心や目的は何ですか」

「うーん、目的かぁ……」

今すぐにこの質問に対する明確な答えを出すことは難しい。ただ、現時点では、このテーマに限ることなく、広い視野を持ち、今回焦点を当てたところから、さまざまなテーマへと繋がり発展していく可能性についても考えていきたいと思っている。

そして、私自身、もともとはこのようなテーマへの関心が低く、目を背けがちで、向き合うことすらできていなかった。このような研究をするようになった今も、そのような感情や感覚を持つ人々を私は否定したくない。むしろ、そのようなことを思っていた頃の私の感覚も忘れることなく、大切にしていけたらと思っている。このような話題から避けがちな人々にも、何らかの形で届けていけたら……。そして、全身でヒロシマを感じ取り、それぞれの形に落とし込んでもらえたら……。

「そのような人々に、どのように届けていこうと考えていますか」

「うーん、わからないですね。私も。難しいですね。論文っていう形だと、読む人が限られてしまうので、そういう意味でも、学術書ではなくて、もうちょっと一般の人に対して、より受け入れやすい形でなにか出来たらいいなとは思っていますけど、まだ具体的にはわからないので、これから方法を探していきたいなとは思います」

「マンガ?」

「マンガもいいかもしれないですね」

「わからないけど、とても良い方面と思います。博士論文とか、修士論文は読む人が少ないので」
「そうですね、だから、もうちょっと違う方法で」
「映画とか。新しいメディアとか」
「そうですね、これからまた考えます」

ユーディットさんから真っ直ぐに飛んでくる質問を受けて、修士論文を書き終えてから、まだ言葉にしていなかったいろいろな思いが溢れ出た。

これからどんな道を歩んでいくのだろう。もちろんライフワークとしては、必ず続ける。それでもまだまだ未知の世界。ユーディットさんは何と声をかけてくれるだろう、出発点にかえって何かを感じとれたら、そんな思いでやってきたウィーン。

論文とは違う方法で形にする。今、そのひとつが光を放ちつつある。

〝今は言える、自由に〟。ヒロシマを巡る旅を通して見えてきた、自由に自分を表現できる幸せを私も大切にしていきたい。

参考文献

広島市　１９７１『広島原爆戦災誌』第四巻、広島市。
加藤陽子　１９９６『徴兵制と近代日本１８６８－１９４５』、吉川弘文館。
公益財団法人 放射線影響研究所　２０１６『要覧』、公益財団法人 放射線影響研究所。
Langness, Lewis. L., Frank, Gelya.　１９９３『ライフヒストリー研究入門　伝記への人類学的アプローチ』（米山俊直、小林多寿子訳）、ミネルヴァ書房。
McNamee, Sheila., Gergen, Kenneth.J.（編）２０１４『ナラティヴ・セラピー　社会構成主義の実践』（野口裕二、野村直樹訳）、遠見書房。
大江志乃夫　１９８１『徴兵制』、岩波書店。
大竹市　１９７０『大竹市史　本編第２巻』、大竹市。
土田康　１９９２『ひろしまの瞳』、青磁社。
宇吹暁　２０１４『ヒロシマ戦後史―被爆体験はどう受けとめられてきたか』、岩波書店。

見守りサポートしてくださったすべての皆さまへ

出版というひとつの形を提案し、背中を押してくださった人々のおかげで、私は一歩踏み出すことができました。そして、家族、先生、年齢・性別・国・立場をこえた友人、まだ直接お会いしたことがない人々、それぞれがさまざまな形で、私がこの旅を描く過程の重要な一部となってくださいました。

ひとりひとり、名前を挙げることができず、大変恐縮ですが、出版に際し、あらゆる側面から、私にあたたかく寄り添い、多大なるご支援をいただいたすべての皆さまに、この場を借りて心より御礼申し上げます。

そして、大好きなおじいちゃん。

私と一緒にたくさんの旅をしてくれて、その度に対話を重ねてくれてありがとう。これからも、この旅をもっともっと深く広く鮮やかに発展させていこうね。心から楽しみにしています。

【著者略歴】

愛葉　由依（あいば・ゆい）

1993年、愛知県生まれ。

2018年3月、名古屋大学大学院文学研究科博士課程前期課程修了。

文化人類学を専門に学ぶ。

2017年8月、オーディオ・ドキュメント「23歳のICレコーダー ～ヒロシマを巡る旅～」（8月6日放送、NHKラジオ第一〈中部〉）出演。

装幀・澤口　環

祖父とあゆむヒロシマ　今は言える、自由に。

2019年5月10日　第1刷発行
（定価はカバーに表示してあります）

著　者　　愛葉　由依

発行者　　山口　　章

発行所　名古屋市中区大須1丁目16-29
振替 00880-5-5616 電話 052-218-7808　風媒社
http://www.fubaisha.com/

乱丁本・落丁本はお取り替えいたします。　＊印刷・製本／モリモト印刷
ISBN978-4-8331-5362-1